KB221074

봄날의책 세계시인선

나는 잠의 국경에 다다랐다

봄날의책 세계시인선

에드워드 토머스 지음   윤준 옮김

봄날의책

일러두기

* 이 시선집의 영어 원문은 에드워드 토머스 연구 권위자인 에드나
  롱리(Edna Longley)가 편집한 『Edward Thomas: The Annotated Collected
  Poems』(Hexham: Bloodaxe Books, 2008)에 따른 것이다. 이 판본은
  그동안 정본으로 여겨져온 판본[R. 조지 토머스(R. George Thomas)가
  편집한 『The Collected Poems of Edward Thomas』(Oxford:
  Clarendon Press, 1978)]과 여러 도서관에 소장된 원고본들, 그리고
  '에드워드 이스트어웨이(Edward Eastaway)'란 필명으로 발간된 에드워드
  토머스의 유고 시집 『Poems』(London: Selwyn & Blount, 1917)의 인쇄용
  타자본을 비교해 수정한 교열본이다. 인쇄용 타자본을 검토했던 토머스는
  시집이 발간되는 것을 보지 못하고 1917년 4월 9일에 전사했다.
* 한 편의 시가 다음 면으로 이어질 때 연이 나뉘면 여섯 번째 행에서,
  연이 나뉘지 않으면 첫 번째 행에서 시작한다.

차례

I 봄은 여기 왔는데 겨울은 가지 않았다

Tall Nettles

Tall nettles cover up, as they have done
These many springs, the rusty harrow, the plough
Long worn out, and the roller made of stone:
Only the elm butt tops the nettles now.

This corner of the farmyard I like most:
As well as any bloom upon a flower
I like the dust on the nettles, never lost
Except to prove the sweetness of a shower.

키 큰 쐐기풀들

키 큰 쐐기풀들이, 이 숱한 샘들을 덮어버렸듯,
녹슨 써레를, 사용한 지 오래된
닳고 닳은 쟁기를, 돌로 만든 롤러[1]를 덮어버린다.
이제 느릅나무 밑동만이 쐐기풀들보다 높이 솟아 있다.

농가 안뜰의 이 구석이 난 제일 좋다.
꽃나무에 달린 여느 꽃송이뿐 아니라
소나기의 상쾌함을 입증하려 할 때만 빼고는
결코 사라진 적 없는, 쐐기풀들 위의 먼지가 좋다.

1. 땅 고르는 기계.

March

Now I know that Spring will come again,
Perhaps tomorrow: however late I've patience
After this night following on such a day.

While still my temples ached from the cold burning
Of hail and wind, and still the primroses
Torn by the hail were covered up in it,
The sun filled earth and heaven with a great light
And a tenderness, almost warmth, where the hail dripped,
As if the mighty sun wept tears of joy.
But 'twas too late for warmth. The sunset piled
Mountains on mountains of snow and ice in the west:
Somewhere among their folds the wind was lost,
And yet 'twas cold, and though I knew that Spring
Would come again, I knew it had not come,
That it was lost too in those mountains chill.

3월

이제 나는 안다, 어쩌면 내일이라도
봄이 다시 오리라는 걸. 아무리 늦더라도 참을 수 있다,
그런 낮에 뒤이은 이런 밤을 겪고 나서는.

여전히 내 관자놀이가 우박과 바람의
차가운 화끈거림으로 따갑고, 여전히 우박에 찢긴
앵초들이 우박에 덮여 있는 동안에도
해는 큰 빛과 거의 온기라고 할 부드러움으로
땅과 하늘을 가득 채워, 마치 강력한 해가
기쁨의 눈물을 흘리듯 우박에서 물이 똑똑 떨어졌다.
하지만 온기가 퍼지기엔 너무 늦었다. 해 질 녘은
서쪽에서 눈과 얼음의 산더미를 계속 쌓아 올렸다.
그 우리 속 어딘가에서 바람은 길을 잃었지만,
아직은 추웠고, 비록 나는 봄이 다시 오리라는 걸
알았지만, 봄은 아직 오지 않았고
또 그 차가운 산들 사이에서 길을 잃었다는 것도 알았다.

What did the thrushes know? Rain, snow, sleet, hail,
Had kept them quiet as the primroses.
They had but an hour to sing. On boughs they sang,
On gates, on ground; they sang while they changed perches
And while they fought, if they remembered to fight:
So earnest were they to pack into that hour
Their unwilling hoard of song before the moon
Grew brighter than the clouds. Then 'twas no time
For singing merely. So they could keep off silence
And night, they cared not what they sang or screamed;
Whether 'twas hoarse or sweet or fierce or soft;
And to me all was sweet: they could do no wrong.
Something they knew — I also, while they sang
And after. Not till night had half its stars
And never a cloud, was I aware of silence
Stained with all that hour's songs, a silence
Saying that Spring returns, perhaps tomorrow.

지빠귀들이 뭘 알았을까? 비와 눈과 진눈깨비와 우박은
지빠귀들을 앵초들처럼 침묵하게 했다.
노래할 시간이라야 딱 한 시간밖에 없었다. 가지 위에서
　　　그들은 노래했다,
문 위에서, 땅 위에서. 그들은 노래했다, 횃대를 바꾸는
　　　동안에도
또, 잊은 게 아니라면, 싸우는 동안에도.
그들은 본의 아니게 쌓아둔 노래들을 너무도 열심히
그 시간 속에 가득 채워 넣으려 했다, 달이
구름보다 더 환해지기 전에. 그때는 그저 노래만 부르는
시간이 결코 아니었다. 그래서 그들은 침묵과 밤이 다가오지
　　　못하도록
할 수 있었고, 저희가 뭘 노래하는지 무슨 비명을 지르는지
　　　개의치 않았다,
쉰 목소리건 감미로운 목소리건 격한 목소리건 부드러운
　　　목소리건 간에.
그리고 내게는 다 감미로웠다. 그들이 잘못 부를 리 없었다.
무언가를 그들은 알았다―나도 그랬다, 그들이 노래하는
　　　동안과
그 후에. 밤중에 별들이 절반쯤 돋고
구름 한 점 없는 때에야 비로소 나는 깨달았다,
그 시간의 온갖 노래들로 물든 침묵을,
봄이 어쩌면 내일이라도 돌아올 거라고 말하는 한 침묵을.

After Rain

The rain of a night and a day and a night
Stops at the light
Of this pale choked day. The peering sun
Sees what has been done.
The road under the trees has a border new
Of purple hue
Inside the border of bright thin grass:
For all that has
Been left by November of leaves is torn
From hazel and thorn
And the greater trees. Throughout the copse
No dead leaf drops
On grey grass, green moss, burnt-orange fern,
At the wind's return:
The leaflets out of the ash-tree shed
Are thinly spread
In the road, like little black fish, inlaid,
As if they played.
What hangs from the myriad branches down there
So hard and bare
Is twelve yellow apples lovely to see

비 온 뒤

하룻밤 하룻낮 또 하룻밤 내내 이어지던 비가
이 숨 막힐 듯한 파리한 아침의
햇살에 그친다. 얼굴을 드러낸 해는
간밤에 무슨 일이 벌어졌는지 살펴본다.
나무들 아래로 난 길은
듬성듬성한 밝은색 풀밭 테두리 안쪽에
새 심홍색 테두리가 생겼다.
11월이 남겨둔
잎들은 다
개암나무와 가시나무와
더 큰 나무들에서 뜯겨 나왔으니까. 바람이 다시
　　찾아왔는데도
잡목림 전역에서
잿빛 풀, 초록색 이끼, 탄 오렌지색 양치류 위에
낙엽 하나 떨어지지 않는다.
물푸레나무에서 떨어진 작은 잎들은
마치 노니는 것처럼
상감된 까만 작은 물고기들인 양
길에 얇게 펼쳐져 있다.
그토록 단단하고 헐벗은
저 아래 무수한 나뭇가지들에 매달린 것은
한 능금나무 위의

On one crab-tree,
And on each twig of every tree in the dell
Uncountable
Crystals both dark and bright of the rain
That begins again.

보기 좋은 누런 능금 열두 개,
그리고 골짜기 온갖 나무들의 잔가지 하나하나엔
다시 내리기 시작하는
비의 어둡고 또 밝은
무수한 수정들.

Interval

Gone the wild day:
A wilder night
Coming makes way
For brief twilight.

Where the firm soaked road
Mounts and is lost
In the high beech-wood
It shines almost.

The beeches keep
A stormy rest,
Breathing deep
Of wind from the west.

The wood is black,
With a misty steam.
Above, the cloud pack
Breaks for one gleam.

막간

지나갔다, 광포한 낮은.
더 광포한 밤이
다가오며
단명한 황혼에 자리를 내준다.

물에 잠긴 단단한 길은
오르막이 되어
높다란 너도밤나무 숲에서 사라지며
빛나는 듯하다.

너도밤나무들은
폭풍 속 평온을 유지하며,
서쪽에서 불어오는 바람을
깊이 들이마신다.

자욱한 증기로
숲은 시커멓다.
머리 위에선 구름 떼가
부서지며 한 줄기 미광(微光)을 드러낸다.

But the woodman's cot
By the ivied trees
Awakens not
To light or breeze.

It smokes aloft
Unwavering:
It hunches soft
Under storm's wing.

It has no care
For gleam or gloom:
It stays there
While I shall roam,

Die, and forget
The hill of trees,
The gleam, the wet,
This roaring peace.

하지만 담쟁이로 덮인 나무들 곁에 있는
산지기의 오두막은
빛이나 산들바람에
깨어나지 않는다.

그것은 흔들림 없이
하늘 높이 연기를 내뿜고,
폭풍의 날개 아래에서
부드럽게 등을 구부린다.

그것은 미광이나 어둠에는
전혀 개의치 않고
거기 머물러 있다,
내가 쏘다니다가

죽고, 나무들이 늘어선 언덕을,
미광을, 궂은 날씨를,
이 노호하는 평안을
잊게 될 동안에도.

Birds' Nests

The summer nests uncovered by autumn wind,
Some torn, others dislodged, all dark,
Everyone sees them: low or high in tree,
Or hedge, or single bush, they hang like a mark.

Since there's no need of eyes to see them with
I cannot help a little shame
That I missed most, even at eye's level, till
The leaves blew off and made the seeing no game.

'Tis a light pang. I like to see the nests
Still in their places, now first known,
At home and by far roads. Boys knew them not,
Whatever jays and squirrels may have done.

And most I like the winter nest deep-hid
That leaves and berries fell into:
Once a dormouse dined there on hazel-nuts,
And grass and goose-grass seeds found soil and grew.

새의 둥지

가을바람에 드러난 여름 둥지들,
뜯긴 것들도 철거된 것들도 있는데 다 시커멓고,
누구에게나 보인다. 나무나 생울타리나 수풀 하나만
달랑 있는 곳에 낮거나 높다랗게 표장(標章)처럼
　　매달려 있다.

그것들은 보지 않아도 훤한 것을,
잎들이 다 날아가 둥지를 찾는 게 놀잇감도 못 될 때까지
내가 눈높이에서조차 둥지 대부분을 놓친 게
조금은 부끄럽지 않을 수 없다.

그건 가벼운 가책이다. 난 둥지들이, 이제야 처음 알게 된,
원래 자리에, 집과 먼 길가에 여전히 있는 모습을
보고 싶다. 남자애들도 그걸 알아차리지 못했다,
어치들이나 다람쥐들이 무슨 짓을 했건 간에.

또 무엇보다 난 잎들과 열매들이 떨어져 들어간
깊숙이 숨겨진 겨울 둥지가 좋다.
거기선 언젠가 겨울잠쥐 한 마리가 개암 열매로 식사했고,
흙을 발견한 풀과 갈퀴덩굴 씨앗들도 자라났다.

The Manor Farm

The rock-like mud unfroze a little and rills
Ran and sparkled down each side of the road
Under the catkins wagging in the hedge.
But earth would have her sleep out, spite of the sun;
Nor did I value that thin gilding beam
More than a pretty February thing
Till I came down to the old Manor Farm,
And church and yew-tree opposite, in age
Its equals and in size. The church and yew
And farmhouse slept in a Sunday silentness.
The air raised not a straw. The steep farm roof,
With tiles duskily glowing, entertained
The midday sun; and up and down the roof
White pigeons nestled. There was no sound but one.
Three cart-horses were looking over a gate
Drowsily through their forelocks, swishing their tails
Against a fly, a solitary fly.

장원의 농가

바위 같은 진흙이 조금 녹았고, 실개천들은
생울타리에서 꼬리같이 흔들리는 꽃송이들 밑에서
반짝이며 길 양옆으로 흘러내려갔다.
하지만 대지는 햇살에 개의치 않고 내처 잠을 자려 했고,
나도 오래된 장원의 농가와, 연륜이나 규모로 보아
그와 동급인 맞은편의 교회당과 주목이 있는 곳으로
내려올 때까지는, 금박을 입히는
그 가는 햇살을 2월의 귀여운 물상 정도로만
여겼을 뿐이었다. 교회당과 주목과
농가는 일요일의 정적 속에 잠들어 있었다.
산들바람은 지푸라기 하나 들어 올리지 못했다. 가파른
    농가 지붕은,
거무스름하게 빛나는 기와들로, 한낮의 해를
즐겁게 했다. 또 지붕 여기저기에는
흰 비둘기들이 자리 잡았다. 딱 하나의 소리 말고는 아무
    소리도 들리지 않았다.
짐마차 말 세 마리가 앞갈기 사이로 졸린 듯
문 너머를 바라보다가, 파리 한 마리,
유일한 파리를 쫓아버리려고 꼬리를 획 휘둘렀다.

The Winter's cheek flushed as if he had drained
Spring, Summer, and Autumn at a draught
And smiled quietly. But 'twas not Winter —
Rather a season of bliss unchangeable
Awakened from farm and church where it had lain
Safe under tile and thatch for ages since
This England, Old already, was called Merry.

겨울의 빰은 마치 봄과 여름과 가을을
단숨에 들이켜고는 조용히 미소 짓는 것처럼
밝개졌다. 하지만 그건 겨울이 아니라—
오히려 이미 오래된 이 잉글랜드가 '쾌활하다'라고 불린
    이래로
오랜 세월 동안 기와와 초가지붕 밑에 안전하게 누워
    있던,
농가와 교회당에서 잠 깨어 일어난
변함없는 지복(至福)의 계절이었다.

But these things also

But these things also are Spring's —
On banks by the roadside the grass
Long-dead that is greyer now
Than all the Winter it was;

The shell of a little snail bleached
In the grass; chip of flint, and mite
Of chalk; and the small birds' dung
In splashes of purest white:

All the white things a man mistakes
For earliest violets
Who seeks through Winter's ruins
Something to pay Winter's debts,

While the North blows, and starling flocks
By chattering on and on
Keep their spirits up in the mist,
And Spring's here, Winter's not gone.

하지만 이들도

하지만 이들도 봄의 물상들이다―
길가 둑 위엔 말라 죽은 지 오래되어
겨우내 드러난 것보다
지금 더 잿빛인 풀,

풀밭 속에는 하얗게 바랜 작은 달팽이
껍데기, 얇은 부싯돌 조각과 부서진
백악(白堊) 조각, 순백색으로 얼룩진
작은 새들의 똥.

겨울의 폐허를 뒤져
겨울의 빚을 갚을 무언가를 찾는 누군가가
가장 이른 제비꽃으로 착각하는
그 모든 하얀 것들.

그새 북풍이 불고, 찌르레기 떼는
끊임없이 짹짹거리며
엷은 안개 속에서 거듭 기세를 돋우고,
봄은 여기 왔는데 겨울은 가지 않았다.

Sowing

It was a perfect day
For sowing; just
As sweet and dry was the ground
As tobacco-dust.

I tasted deep the hour
Between the far
Owl's chuckling first soft cry
And the first star.

A long stretched hour it was;
Nothing undone
Remained; the early seeds
All safely sown.

And now, hark at the rain,
Windless and light,
Half a kiss, half a tear,
Saying good-night.

파종

씨를 뿌리기엔
완벽한 날이었다. 땅은
딱 담뱃가루만큼
향긋했고 말라 있었다.

나는 멀리서 들려오는 올빼미의
킥킥거리는 부드러운 첫 울음이 지나고
첫 별이 뜨기까지의 시간을
깊이 맛보았다.

길게 늘어난 시간이었다.
마무리 짓지 못한 일은
남아 있지 않았다. 일찍 심은 씨들도
다 무사했고.

그러니 이제, 바람 한 점 없이
가볍게 떨어지는,
반은 키스고 반은 눈물인,
밤 인사를 하는 빗방울 소리를 들어라.

Digging[1]

Today I think
Only with scents, — scents dead leaves yield,
And bracken, and wild carrot's seed,
And the square mustard field;

Odours that rise
When the spade wounds the root of tree,
Rose, currant, raspberry, or goutweed,
Rhubarb or celery;

The smoke's smell, too,
Flowing from where a bonfire burns
The dead, the waste, the dangerous,
And all to sweetness turns.

It is enough
To smell, to crumble the dark earth,
While the robin sings over again
Sad songs of Autumn mirth.

---

1. 기존 판본들에는 "Digging [1]"으로 나와 있다.

땅파기

오늘 나는 생각한다
냄새들로만—낙엽들,
양치류, 야생 당근 씨앗,
사각형의 겨자밭이 풍기는 냄새들로만.

가래가 나무뿌리를
상처 낼 때 올라오는
장미, 까치밥나무, 나무딸기, 방풍나물,
대황(大黃)이나 셀러리 향내로만.

또 모닥불이 죽은 것들과 쓰레기와
위험물을 태우고
모든 걸 향기롭게 바꿔놓는 곳에서
흘러나오는 연기 냄새로만.

냄새를 맡고
시커먼 흙을 바수는 걸로 충분하다,
붉은가슴울새가 가을의 환희에 관한
구슬픈 노래들을 거듭 불러내는 동안.

Fifty Faggots

There they stand, on their ends, the fifty faggots
That once were underwood of hazel and ash
In Jenny Pinks's Copse. Now, by the hedge
Close packed, they make a thicket fancy alone
Can creep through with the mouse and wren. Next Spring
A blackbird or a robin will nest there,
Accustomed to them, thinking they will remain
Whatever is for ever to a bird:
This Spring it is too late; the swift has come.
'Twas a hot day for carrying them up:
Better they will never warm me, though they must
Light several Winters' fires. Before they are done
The war will have ended, many other things
Have ended, maybe, that I can no more
Foresee or more control than robin and wren.

장작 쉰 단

저기 그것들이 세로로 서 있다, 한때
제니 핑크스 잡목숲[1]의 개암나무와 물푸레나무
　　덤불이었던
장작 쉰 단이. 이제, 생울타리 옆에
빽빽이 쟁여져, 그것들은 오직 상상 속에서만
생쥐와 굴뚝새가 함께 기어 지나다닐 만한 수풀이 된다.
　　내년 봄엔
장작단에 익숙해진 지빠귀나 붉은가슴울새가
새에게는 영원한 무엇으로건 남아줄 거라 여기며
거기에 둥지를 틀리라.
이번 봄에는 너무 늦었다. 칼새가 온 것이다.
장작단을 날라 쌓아 올리기엔 무더운 날이었다.
그것들은 몇 번의 겨울을 나기 위한 땔감이 되어야
　　하겠지만,
내 몸을 결코 데워줄 일이 없는 게 더 낫다. 장작이
　　동나기 전에
전쟁은 끝날 테고, 붉은가슴울새나 굴뚝새와 마찬가지로
내가 예견하거나 통제할 수도 없는
다른 많은 일들도 어쩌면 끝났으리라.

---

1. 당시 에드워드 토머스가 살던 잉글랜드 햄프셔주의 마을인
스티프(Steep)의 한 장소.

October

The green elm with the one great bough of gold
Lets leaves into the grass slip, one by one, —
The short hill grass, the mushrooms small milk-white,
Harebell and scabious and tormentil,
That blackberry and gorse, in dew and sun,
Bow down to; and the wind travels too light
To shake the fallen birch leaves from the fern;
The gossamers wander at their own will.
At heavier steps than birds' the squirrels scold.

The rich scene has grown fresh again and new
As Spring and to the touch is not more cool
Than it is warm to the gaze; and now I might
As happy be as earth is beautiful,
Were I some other or with earth could turn
In alternation of violet and rose,
Harebell and snowdrop, at their season due,
And gorse that has no time not to be gay.
But if this be not happiness, — who knows?
Some day I shall think this a happy day,

10월

커다란 황금색 나뭇가지 하나가 달린 녹색 느릅나무가
풀밭 속으로 잎들을 하나씩 미끄러뜨린다—
언덕의 키 작은 풀, 유백색의 작은 버섯들,
실잔대와 체꽃과 양지꽃,
이슬 젖은 저 블랙베리와 가시금작화는 볕을 쬐며
허리를 깊이 숙인다. 또 바람은 너무 약하게 오가는
　　중이어서
양치류 위에 떨어진 자작나무 잎들을 흔들어 떨어뜨리지
　　못한다.
거미줄들은 제 맘대로 떠돌아다닌다.
새들보다 묵직한 발걸음에 다람쥐들이 나무란다.

풍성한 경관은 봄처럼 다시 싱싱하게
새로워지고, 응시하는 눈길에 따뜻해 보여
그다지 한기가 느껴지지 않는다. 그리고 이제 나는,
만일 내가 다른 누군가라면, 아니면 대지와 함께
번갈아 찾아오는 보랏빛과 장밋빛으로
제철에 맞게 실잔대와 스노드롭,[1]
화사하지 않을 때가 없는 가시금작화를 물들일 수 있다면
대지가 아름다운 만큼 행복할 수 있으리라.
하지만 설령 이게 행복이 아니더라도—누가 알겠어?
언젠가 나는 오늘을 행복한 날이라 생각할 거고,

And this mood by the name of melancholy
Shall no more blackened and obscured be.

이 기분은 우울이라는 이름으로
더는 더럽혀지거나 흐려지지 않으리라.

---

1. '눈풀꽃' 또는 '설강화'라고도 한다.

Thaw

Over the land freckled with snow half-thawed
The speculating rooks at their nests cawed
And saw from elm-tops, delicate as flower of grass,
What we below could not see, Winter pass.

해빙

반쯤 녹은 눈이 점점이 남아 있는 땅을 내려다보면서
생각에 잠긴 까마귀들은 둥지에서 까악까악 울며
풀꽃처럼 여린 느릅나무 우듬지에서 보았다,
아래쪽 우리는 볼 수 없는 것, 겨울이 지나가는 것을.

Bright Clouds[1]

Bright clouds of may
Shade half the pond.
Beyond,
All but one bay
Of emerald
Tall reeds
Like criss-cross bayonets
Where a bird once called,
Lies bright as the sun.
No one heeds.
The light wind frets
And drifts the scum
Of may-blossom.
Till the moorhen calls
Again
Naught's to be done
By birds or men.
Still the may falls.

1. 기존 판본들에는 "The Pond"로 나와 있다.

밝은 구름

밝은 구름 모양의 산사나무 꽃들이
연못을 반쯤 가린다.
그 너머엔,
새 한 마리가 전에 울며 앉아 있던,
십자형 총검 같은
키 큰
선녹색 갈대들의
월계관 하나를 뺀 모든 게
해처럼 환하게 누워 있다.
아무도 신경 쓰지 않는다.
산들바람은 안달하며
산사나무 꽃송이의
부스러기를 떠내려 보낸다.
다시
쇠물닭이 울 때까지
새들이나 사람들이 할 수 있는 건
아무것도 없다.
조용히 산사나무 꽃이 떨어진다.

The Green Roads

The green roads that end in the forest
Are strewn with white goose feathers this June,

Like marks left behind by someone gone to the forest
To show his track. But he has never come back.

Down each green road a cottage looks at the forest.
Round one the nettle towers; two are bathed in flowers.

An old man along the green road to the forest
Strays from one, from another a child alone.

In the thicket bordering the forest,
All day long a thrush twiddles his song.

It is old, but the trees are young in the forest,
All but one like a castle keep, in the middle deep.

That oak saw the ages pass in the forest:
They were a host, but their memories are lost,

초록길

이 6월, 숲에서 끝나는 초록길에는
하얀 거위 깃털들이 흩어져 있다,

숲으로 간 누군가가 제 자취를 보여주려고
남겨둔 표식처럼. 하지만 그는 다시는 돌아오지 않았다.

각각의 초록길 아래쪽에서 시골집 한 채가 숲을 바라본다.
한쪽 길 주변에는 쐐기풀이 우뚝 솟아 있고, 두 길은
    꽃들로 덮여 있다.

숲에 이르는 초록길을 따라가던 노인은
한 길에서, 또 다른 길에 혼자 있던 한 아이도.

숲과 접해 있는 덤불에서는
종일 지빠귀 한 마리가 제 노래를 가지고 논다.

숲은 늙었지만, 한가운데 깊숙이 자리한 성의 중심탑 같은
한 그루 외에 나무들은 숲에서 다 젊다.

그 떡갈나무는 숲에서 세월이 흘러가는 걸 보았다.
세월은 한 무리였지만, 나무가 죽어서

For the tree is dead: all things forget the forest
Excepting perhaps me, when now I see

The old man, the child, the goose feathers at the edge of the
　　forest,
And hear all day long the thrush repeat his song.

그 기억은 사라졌다. 어쩌면 지금
숲의 끝에 있는 노인과 아이와 거위 깃털들을 보는

또 지빠귀가 거듭 제 노래를 되풀이하는 걸 종일 듣는
나를 빼고는 만물이 숲을 잊는다.

II 그래, 애들스트롭이 기억난다

Adlestrop

Yes. I remember Adlestrop —
The name, because one afternoon
Of heat the express-train drew up there
Unwontedly. It was late June.

The steam hissed. Someone cleared his throat.
No one left and no one came
On the bare platform. What I saw
Was Adlestrop — only the name

And willows, willow-herb, and grass,
And meadowsweet, and haycocks dry,
No whit less still and lonely fair
Than the high cloudlets in the sky.

And for that minute a blackbird sang
Close by, and round him, mistier,
Farther and farther, all the birds
Of Oxfordshire and Gloucestershire.

애들스트롭

그래, 애들스트롭[1]이 기억난다 —
그 역 이름이, 찌는 듯한 어느 오후
급행열차가 뜻밖에도
거기 멈춰 서는 바람에. 6월 말이었다.

증기가 쉭쉭 소리를 냈다. 누군가 목청을 가다듬었다.
텅 빈 플랫폼엔 떠나는 이도
들어오는 이도 없었다. 내가 본 건
'애들스트롭' — 역 이름과

버드나무들, 분홍바늘꽃, 풀밭,
피리풀, 하늘 높이 떠 있는
조각구름들에 못지않게 조용하고
또 호젓하고 아름다운 마른 건초 더미들뿐이었다.

그 순간 검은지빠귀 한 마리가 근처에서
울었다. 그러자 녀석 주변에서, 더 어렴풋이,
점점 더 멀리서, 옥스퍼드셔주와
글로스터셔주의 새들이 일제히 울어댔다.

1. 애들스트롭은 잉글랜드 남서부에 자리한 글로스터셔주의 이븐로드강
   근처의 마을로, 옥스퍼드셔주와 거의 접해 있다. 애들스트롭 역은
   런던에서 옥스퍼드, 우스터, 몰번까지의 선로에 자리한 역이었다.

The Combe

The Combe was ever dark, ancient and dark.
Its mouth is stopped with bramble, thorn, and briar;
And no one scrambles over the sliding chalk
By beech and yew and perishing juniper
Down the half precipices of its sides, with roots
And rabbit holes for steps. The sun of Winter,
The moon of Summer, and all the singing birds
Except the missel-thrush that loves juniper,
Are quite shut out. But far more ancient and dark
The Combe looks since they killed the badger there,
Dug him out and gave him to the hounds,
That most ancient Briton of English beasts.

협곡

협곡[1]은 늘 어둑했다, 고색창연하고 어둑했다.
입구는 나무딸기와 가시나무와 찔레로 막혀 있다.
누구도 반은 벼랑인 그 비탈 아래쪽에서
나무뿌리와 산토끼 구멍을 디딤대 삼아
너도밤나무와 주목과 썩어가는 노간주나무 곁의
미끄러지는 백악질(白堊質) 비탈을 기어오르지 못한다.
　　　겨울 해,
여름 달, 또 노간주나무를 좋아하는
겨우살이지빠귀[2]를 뺀 노래하는 새들 모두
못 들어가는 곳. 하지만 협곡은 훨씬 더 고색창연하고
어둑해 보인다—사람들이 거기서 오소리를 죽이고는
끄집어내 사냥개들에게 던져주었기에,
영국 짐승 중 가장 고색창연한, 브리튼섬의 그 짐승을.

1. 스티프에 있던 에드워드 토머스 집의 서재 아래에 있던
   애시퍼드강 유역의 협곡일 수 있지만, 햄프셔주 특유의 너도밤나무
   협곡들을 대표하기도 한다.
2. 겨우살이(mistletoe) 열매를 특히 좋아하는 지빠귀들에게 붙여진
   이름으로, 'mistle thrush' 'stormcock'이라고도 한다.

The Hollow Wood

Out in the sun the goldfinch flits
Along the thistle-tops, flits and twits
Above the hollow wood
Where birds swim like fish —
Fish that laugh and shriek —
To and fro, far below
In the pale hollow wood.

Lichen, ivy, and moss
Keep evergreen the trees
That stand half-flayed and dying,
And the dead trees on their knees
In dog's-mercury and moss:
And the bright twit of the goldfinch drops
Down there as he flits on thistle-tops.

휑한 숲

저 햇볕 속에서 오색방울새가
엉경퀴 꼭대기를 따라 휙 날고, 휑한 숲 위에서
휙 날며 재잘거린다.
숲에선 새들이 유영한다, 물고기처럼ㅡ
웃고 또 날카로운 목소리로 우는 물고기처럼ㅡ
이리저리, 저 아래쪽 멀리
파리하고 휑한 숲에서.

지의류와 담쟁이와 이끼는
반쯤 껍질이 벗겨진 채 죽어가며 서 있는
나무들을 늘 푸릇푸릇하게 해주고,
무릎을 꿇은 죽은 나무들은
산쪽풀과 이끼로 덮여 있다.
그리고 엉경퀴 꼭대기에서 휙 날아다니는 오색방울새의
빛나는 재잘거림이 거기 떨어진다.

Snow

In the gloom of whiteness,
In the great silence of snow,
A child was sighing
And bitterly saying: "Oh,
They have killed a white bird up there on her nest,
The down is fluttering from her breast."
And still it fell through that dusky brightness
On the child crying for the bird of the snow.

눈 [1]

순백의 어둠 속,
눈의 거대한 침묵 속에서,
한 아이가 한숨 쉬며
비통하게 말하는 중이었다. "오,
그들이 저 위 둥지 속 하얀 새를 죽여서,
솜털이 가슴팍에서 퍼덕거리며 떨어지고 있어요."
그리고 여전히 솜털은 저 거무스름한 광채 사이로
　　떨어졌다,
눈새 때문에 울고 있는 아이 위로.

1. 이 시에는 "깃털도 없는 하얀 새가 / 낙원에서 날아왔네"로 시작되는
눈과 해에 관한 수수께끼에 담긴 전통적인 관념이 나타나 있다.

First known when lost

I never had noticed it until
'Twas gone, — the narrow copse
Where now the woodman lops
The last of the willows with his bill.

It was not more than a hedge overgrown.
One meadow's breadth away
I passed it day by day.
Now the soil is bare as a bone,

And black betwixt two meadows green,
Though fresh-cut faggot ends
Of hazel make some amends
With a gleam as if flowers they had been.

Strange it could have hidden so near!
And now I see as I look
That the small winding brook,
A tributary's tributary, rises there.

잃고 나서야 처음으로 알게 된다

그것이 사라질 때까지 나는 결코
알아차리지 못했었다—지금 산지기가
가지치기용 낫으로 마지막 버드나무를
잘라내고 있는 비좁은 잡목림을.

제멋대로 자란 생울타리 정도에 불과한 것이었다.
목초지 하나의 너비만큼 떨어져
나는 날마다 그것을 지나쳤다.
이제 땅은 뼈처럼 민둥하고

녹색의 두 목초지 사이에서 시커멓다,
비록 갓 잘린 개암나무 장작 쪼가리들이
마치 저희가 꽃인 양
희미한 빛으로 얼마간 보상해주긴 하지만.

이상해라, 그토록 가까이에 숨어 있을 수 있었다니!
이제 그것에 눈길을 주면서 나는 본다,
어떤 지류(支流)의 지류인
구불구불한 작은 개울이 거기서 발원하는 것을.

The Barn

They should never have built a barn there, at all —
Drip, drip, drip! — under that elm tree,
Though then it was young. Now it is old
But good, not like the barn and me.

Tomorrow they cut it down. They will leave
The barn, as I shall be left, maybe.
What holds it up? 'Twould not pay to pull down.
Well, this place has no other antiquity.

No abbey or castle looks so old
As this that Job Knight built in '54,
Built to keep corn for rats and men.
Now there's fowls in the roof, pigs on the floor.

What thatch survives is dung for the grass,
The best grass on the farm. A pity the roof
Will not bear a mower to mow it. But
Only fowls have foothold enough.

헛간

거기에 결코 헛간을 짓지 말았어야 했다, 절대로—
똑, 똑, 똑!—저 느릅나무 아래에는,
물론 그때는 어린나무였지만. 지금은 노목(老木)이
    되었지만
튼튼하다, 헛간이나 나와는 달리.

내일 그들은 느릅나무를 베어버리리라. 헛간은,
내가 남겨지듯 남겨두겠지, 아마도.
무엇이 헛간을 떠받쳐줄까? 허무는 건 수지가 안 맞을
    테니.
글쎄, 이곳엔 그렇게 오래된 건 없다.

어떤 수도원이나 성도 잠 나이트가
쥐들과 사람들을 위해 곡물을 보관하려고
1854년에 지은 이것만큼 오래되어 보이지 않는다.
이제 지붕에는 닭들이, 바닥에는 돼지들이 산다.

남은 볏짚은 풀, 농장에서
가장 좋은 풀의 거름이 된다. 지붕이 풀 베는 기계의
    무게를
견뎌낼 수 없다는 게 아쉽다.
닭들이나 마음껏 발을 디딜 수 있을 뿐이다.

Starlings used to sit there with bubbling throats
Making a spiky beard as they chattered
And whistled and kissed, with heads in air,
Till they thought of something else that mattered.

But now they cannot find a place,
Among all those holes, for a nest any more.
It's the turn of lesser things, I suppose.
Once I fancied 'twas starlings they built it for.

전에 찌르레기들은 거기 앉아 목구멍으로 꼴록
        소리를 내며,
다른 중요한 일을 떠올릴 때까지
재잘거리고 휘파람 불고 서로 입 맞추며 고개를 허공에
        쳐든 채
수염 같은 깃털을 삐죽삐죽하게 세우곤 했다.

하지만 이제 그들은 더 이상 그 모든 구멍 중에서
둥지를 틀 장소를 찾을 수 없다.
이번엔 좀 더 소소한 것들 차례일 성싶다.
한때 난 사람들이 찌르레기들을 위해 헛간을 지었다고
        상상했었다.

The Wasp Trap

This moonlight makes
The lovely lovelier
Than ever before lakes
And meadows were.

And yet they are not,
Though this their hour is, more
Lovely than things that were not
Lovely before.

Nothing on earth,
And in the heavens no star,
For pure brightness is worth
More than that jar,

For wasps meant, now
A star — long may it swing
From the dead apple-bough,
So glistening.

말벌 덫 [1]

이 달빛은 사랑스러운 것들을
더 사랑스럽게 만든다
호수들과 목초지들이 사랑스러웠던
이전 그 어느 때보다도.

하지만 그것들은, 비록 지금이
자신들의 시간일지언정,
전에 사랑스럽지 않았던 것들보다
사랑스럽진 않다.

지상의 어떤 것도,
또 하늘의 어떤 별도
순수한 밝음으로 치자면
말벌을 잡기 위한 거였지만 지금은 별인

저 단지보다 더 가치 있는 건
아니다—그토록 반짝이며
죽은 사과나무 가지에서
오래도록 흔들리기를.

1. 말벌 덫은 끈적거리는 병이나 잼 단지로, 그 안에 물이 담겨 있어서
   말벌이 빠져 죽게 만든다.

A Tale

There once the walls
Of the ruined cottage stood.
The periwinkle crawls
With flowers in its hair into the wood.

In flowerless hours
Never will the bank fail,
With everlasting flowers
On fragments of blue plates, to tell the tale.

이야기

거기엔 한때 황폐한 농가의
벽들이 서 있었다.
페리윙클[1]은 머리칼에 꽃을 달고
숲속으로 기어들어간다.

꽃 하나 없는 시간에도
청색 접시 파편에 그려진
영원한 꽃들이 있기에, 둑은 결코
이야기를 못 전할 리 없으리라.

1. 키가 30~40센티미터 정도 자라는 덩굴성의 상록 숙근초로
   3~7월에 남보라색 꽃이 핀다.

Home[1]

Often I had gone this way before:
But now it seemed I never could be
And never had been anywhere else;
'Twas home; one nationality
We had, I and the birds that sang,
One memory.

They welcomed me. I had come back
That eve somehow from somewhere far:
The April mist, the chill, the calm,
Meant the same thing familiar
And pleasant to us, and strange too,
Yet with no bar.

The thrush on the oaktop in the lane
Sang his last song, or last but one;
And as he ended, on the elm
Another had but just begun
His last; they knew no more than I
The day was done.

---

1. 기존 판본들에는 "Home [2]"로 나와 있다.

고향

전에도 자주 나는 이 길로 가곤 했었다.
하지만 이제 보니 결코 딴 곳에는 있을 수도 없었고
또 있었던 적도 없었던 듯하다.
거긴 고향이었다. 하나의 국적을
우리는, 나와 노래하는 새들은 공유했다,
하나의 기억을.

그들은 나를 반갑게 맞았다. 그날 저녁
먼 어딘가에서 어떻든 나는 돌아왔던 것이다.
4월의 엷은 안개와 냉기와 고요는
우리에게 같은 것을 뜻했다
낯익고 쾌적한, 또 낯설면서도
그 어떤 빗장도 없는 것을.

좁은 길에선 떡갈나무 우듬지의 지빠귀가
마지막의, 또는 마지막 직전의 노래를 불렀다.
녀석의 노래가 끝났을 때에는 느릅나무 위에서
다른 지빠귀가 마지막 노래를 지금 막
시작한 참이었다. 나만큼이나 그들도
하루가 끝났다는 것을 알지 못했다.

Then past his dark white cottage front
A labourer went along, his tread
Slow, half with weariness, half with ease;
And, through the silence, from his shed
The sound of sawing rounded all
That silence said.

그때 어둠에 잠긴 제 하얀 시골집 앞을
노동자 한 명이 느린 걸음으로
반쯤은 지치고 반쯤은 느긋하게 지나갔다.
그러고는 정적을 뚫고, 헛간 쪽에서 나는
톱질 소리가 정적이 말한 모든 것을
둥글게 에워쌌다.

Under the Woods

When these old woods were young
The thrushes' ancestors
As sweetly sung
In the old years.

There was no garden here,
Apples nor mistletoe;
No children dear
Ran to and fro.

New then was this thatched cot,
But the keeper was old,
And he had not
Much lead or gold.

Most silent beech and yew:
As he went round about
The woods to view
Seldom he shot.

숲 아래에서

이 오래된 숲이 젊었을 적엔
지빠귀 선조들이
그 옛날
무척 감미롭게 노래했었다.

이곳엔 정원도,
사과도 겨우살이[1]도 없었다.
이리저리 뛰어다니는
귀여운 애들도 없었고.

그때 이 초막(草幕)은 새것이었지만
사냥터지기는 늙었고
납 탄환이나 금화도
그에겐 많지 않았다.

너도밤나무와 주목[2]은 아주 조용했다.
숲 주위를
빙 둘러보면서도
그가 총을 쏠 일은 거의 없었다.

But now that he is gone
Out of most memories,
Still lingers on
A stoat of his,

But one, shrivelled and green,
And with no scent at all,
And barely seen
On this shed wall.

이제 그는 사람들의 기억에서
거의 사라졌지만
여전히 그가 사냥했던
족제비 사체 위에 남아 있다,

쪼그라들어 녹색으로 변했고
전혀 냄새도 나지 않는,
이 헛간 벽에서
거의 보이지 않는 족제비 미라 위에.

1. 켈트족이 신성하게 떠받들었던 겨우살이는 다른 식물이나 나무에
   붙어 자라는 기생식물로, 크리스마스 장식용으로도 많이 쓰였다.
   크리스마스에 겨우살이 가지 밑에서 키스하는 것은 오래된 관습이다.
2. 너도밤나무와 주목은 수명이 무척 긴 것으로 알려져 있다.

Haymaking

After night's thunder far away had rolled
The fiery day had a kernel sweet of cold,
And in the perfect blue the clouds uncurled,
Like the first gods before they made the world
And misery, swimming the stormless sea
In beauty and in divine gaiety.
The smooth white empty road was lightly strewn
With leaves — the holly's Autumn falls in June —
And fir cones standing stiff up in the heat.
The mill-foot water tumbled white and lit
With tossing crystals, happier than any crowd
Of children pouring out of school aloud.
And in the little thickets where a sleeper
For ever might lie lost, the nettle-creeper
And garden warbler sang unceasingly;
While over them shrill shrieked in his fierce glee
The swift with wings and tail as sharp and narrow
As if the bow had flown off with the arrow.
Only the scent of woodbine and hay new-mown
Travelled the road. In the field sloping down,
Park-like, to where its willows showed the brook,

건초 만들기

밤의 천둥이 멀리서 우르릉거린 후
뜨겁게 타오르는 하루는 냉기의 상쾌한 속심을 갖고 있었고,
완벽한 창공에서 구름들은
이 세상과 재난을 만들기 전에
폭풍우 없는 바다를 아름답게 또 더없이 쾌활하게
헤엄치던 첫 신들처럼 퍼졌다.
텅 빈 채 평탄한 하얀 길에는 잎들이 조금
흩어져 있고—호랑가시나무의 가을은 6월이다—
전나무 방울들은 열기 속에 뻣뻣하게 서 있다.
수차(水車) 발치에서 물은 하얗게 굴러떨어졌고, 뒹구는
        수정들로
시끌벅적하게 학교에서 쏟아져 나오는
그 어떤 아이들 무리보다도 행복하게 빛났다.
그리고 잠든 이가 영원히 남몰래 누워 있을 수 있는
작은 덤불들 속에서 휘파람새와
정원솔새가 쉬지 않고 노래했다.
그새 그들 머리 위에서 뾰족하고 좁은 날개와 꼬리를 지닌
        칼새가
마치 활이 화살과 함께 날아가버리기나 한 것처럼[1]
격렬한 환희 속에서 새된 비명을 질렀다.
인동덩굴과 갓 베어낸 건초의 냄새만
길을 돌아다녔다. 버드나무들이 개울을 보여주는 곳까지
공원처럼 비스듬히 내려가는 들판에서

Haymakers rested. The tosser lay forsook
Out in the sun; and the long waggon stood
Without its team, it seemed it never would
Move from the shadow of that single yew.
The team, as still, until their task was due,
Beside the labourers enjoyed the shade
That three squat oaks mid-field together made
Upon a circle of grass and weed uncut,
And on the hollow, once a chalk-pit, but
Now brimmed with nut and elder-flower so clean.
The men leaned on their rakes, about to begin,
But still. And all were silent. All was old,
This morning time, with a great age untold,
Older than Clare and Cobbett, Morland and Crome,
Than, at the field's far edge, the farmer's home,
A white house crouched at the foot of a great tree.
Under the heavens that know not what years be
The men, the beasts, the trees, the implements
Uttered even what they will in times far hence —
All of us gone out of the reach of change —
Immortal in a picture of an old grange.

건초 만드는 이들은 휴식을 취했다. 풀을 던지는 도구는
햇볕 속에 버려져 있었다. 긴 짐마차는
끄는 말들도 없이 서 있었는데,[2] 그 유일한 주목의 그늘에서
꼼짝도 하지 않으려는 것 같았다.
말들은, 일할 시간이 다가올 때까지, 조용히
일꾼들 곁에서, 땅딸막한 떡갈나무 세 그루가 밭 가운데에서
아직 잘리지 않은 풀과 잡초들 위에,
또 한때는 백악갱(白堊坑)이었지만 지금은 나무 열매와
그토록 청신한 딱총나무 꽃이 가득한
움푹 꺼진 땅 위에 만든 그늘을 즐겼다.
남자들은 갈퀴에 몸을 기대고 일을 시작하려다가,
가만히 있었다. 다들 말이 없었다. 모든 게 오래된 것이었다,
이 아침 시간에는, 헤아릴 수 없이 긴 세월로,
클레어와 코빗과 몰런드와 크롬[3]보다,
들판 저 먼 끝에 있는 농부의 집,
어떤 거대한 나무의 발치에 웅크린 하얀 집보다.
얼마만큼의 세월이 흘렀는지 알지 못하는 하늘 아래에서
사람들과 짐승들과 나무들과 도구들은
저희가 저 먼 미래에 — 우리 모두 변화의 영향을
받지 않는 곳으로 사라진 때에 — 말하게 될 것까지 말했다,
오래된 농장의 그림 속에서 불멸의 존재가 되어.

1. 이 직유는 칼새가 날 때 날개가 활 모양이라는 점을 암시한다.
2. 건초 짐마차를 끄는 말들에 마구가 채워져 있지 않음을 나타낸다.
3. 농부 시인 존 클레어(John Clare, 1793~1864)는 자연과 시골의 일상사를
   묘사하는 시편들로 널리 알려졌고, 급진주의적 정치인이자 문필가였던
   윌리엄 코빗(William Cobbett, 1763~1835)은 산업사회를 비판하고 농촌의
   피폐함을 고발했으며, 화가 조지 몰런드(George Morland, 1763~1804)와
   존 크롬(John Crome, 1768~1821)은 영국 시골의 정경들을 즐겨 그렸다.

The Brook

Seated once by a brook, watching a child
Chiefly that paddled, I was thus beguiled.
Mellow the blackbird sang and sharp the thrush
Not far off in the oak and hazel brush,
Unseen. There was a scent like honeycomb
From mugwort dull. And down upon the dome
Of the stone the cart-horse kicks against so oft
A butterfly alighted. From aloft
He took the heat of the sun, and from below.
On the hot stone he perched contented so,
As if never a cart would pass again
That way; as if I were the last of men
And he the first of insects to have earth
And sun together and to know their worth.
I was divided between him and the gleam,
The motion, and the voices, of the stream,
The waters running frizzled over gravel,
That never vanish and for ever travel.
A grey flycatcher silent on a fence
And I sat as if we had been there since
The horseman and the horse lying beneath

개울

언젠가 개울가에 앉아, 물놀이하는 아이를
주로 지켜보며, 내 기분은 그렇게 나아졌다.
그리 멀지 않은 떡갈나무와 개암나무 덤불에서
눈에 띄지 않게, 부드럽게 검은지빠귀가 울었고
날카롭게 지빠귀도 울었다. 칙칙한 쑥에서는
벌집 같은 냄새가 났다. 그리고 짐마차 말이 그토록 자주
발길질하던 반구형(半球形) 돌 위에는
나비 한 마리가 내려앉았다. 위로부터
또 아래로부터 나비는 해의 열기를 받아들였다.
뜨거운 돌 위에 나비는 그렇게 흡족하게 자리 잡았다,
마치 짐마차가 다시는 그 길로 지나가는 일이
없을 것처럼, 마치 내가 땅과 해를 함께 누리며
그 가치를 아는 마지막 인간이고
저는 그 첫 번째 곤충이나 되는 것처럼.
나는 나비와 개울물 사이, 결코 사라지는 법 없이
영원히 여행을 계속하며 자갈 위로
곱슬곱슬 흘러가는 물의 희미한 빛과
움직임과 목소리들 사이에서 마음이 오락가락했다.
울타리 위에 말없이 앉아 있던 잿빛 딱새 한 마리와
나는 마치 히스 언덕 위의 전나무로 뒤덮인
고분(古墳)[1] 아래 누워 있는 기수(騎手)와 말,

The fir-tree-covered barrow on the heath,
The horseman and the horse with silver shoes,
Galloped the downs last. All that I could lose
I lost. And then the child's voice raised the dead.
"No one's been here before" was what she said
And what I felt, yet never should have found
A word for, while I gathered sight and sound.

기수와 은색 편자를 댄 말이
마지막으로 언덕을 따가닥따가닥 내달리던 때 이래
거기 있었던 것처럼 앉아 있었다. 잃을 수 있는
    모든 것을
나는 잃었다. 그때 아이의 목소리가 죽은 이들을 일으켜
    세웠다.
"전엔 여기 아무도 없었는데"는 그 여자애가 말했고
또 내가 느꼈던 것이지만, 눈과 귀를 추스르는 동안 내가
결코 할 수 없었을 말이었다.

1. 토머스 일가가 살던 스티프 인근에 자리한 브램딘 공원의 고분.

The Mill-Water

Only the sound remains
Of the old mill;
Gone is the wheel;
On the prone roof and walls the nettle reigns.

Water that toils no more
Dangles white locks
And, falling, mocks
The music of the mill-wheel's busy roar.

Pretty to see, by day
Its sound is naught
Compared with thought
And talk and noise of labour and of play.

Night makes the difference.
In calm moonlight,
Gloom infinite,
The sound comes surging in upon the sense:

물방앗물

오래된 물방앗간의
소리만 남아 있다.
수레바퀴는 사라졌고.
기울어진 지붕과 벽은 죄다 쐐기풀들 차지다.

더는 애써 일하지 않는 물은
흰 머리 타래를 달랑거리고
흘러 떨어지면서
물방아 바퀴의 부산한 굉음을 흉내 낸다.

보기 좋은 광경으로, 낮에
그 소리는 노동과 유희의
상념과 이야기와 소음에 견주면
아무것도 아니다.

밤에는 달라진다.
고요한 달빛,
한없는 어둠 속에서
그 소리는 감각에 넘실대며 밀어닥친다.

Solitude, company, —
When it is night, —
Grief or delight
By it must haunted or concluded be.

Often the silentness
Has but this one
Companion;
Wherever one creeps in the other is:

Sometimes a thought is drowned
By it, sometimes
Out of it climbs;
All thoughts begin or end upon this sound,

Only the idle foam
Of water falling
Changelessly calling,
Where once men had a work-place and a home.

혼자 있건, 함께 있건—
밤에는—
깊은 슬픔이나 기쁨은
그 소리에 사로잡히거나 그 소리로 마무리되기 마련이다.

자주 정적은
이 소리를
유일한 벗으로 삼는다.
하나가 기어들어가는 곳엔 꼭 다른 하나가 있다.

때로 하나의 상념은 그 소리에
잠기고 때론
기어올라 그 소리에서 벗어난다.
상념이란 상념은 다 이 소리로 시작하거나 끝나고,

떨어지는 물의
하릴없는 포말만이
한때 사람들의 일터와 가정이 있었던 곳에서
변함없이 불러댄다.

I never saw that land before

I never saw that land before,
And now can never see it again;
Yet, as if by acquaintance hoar
Endeared, by gladness and by pain,
Great was the affection that I bore

To the valley and the river small,
The cattle, the grass, the bare ash trees,
The chickens from the farmsteads, all
Elm-hidden, and the tributaries
Descending at equal interval;

The blackthorns down along the brook
With wounds yellow as crocuses
Where yesterday the labourer's hook
Had sliced them cleanly; and the breeze
That hinted all and nothing spoke.

I neither expected anything
Nor yet remembered: but some goal
I touched then; and if I could sing
What would not even whisper my soul
As I went on my journeying,

나는 전에는 그 땅을 결코 본 적 없고[1]

나는 전에는 그 땅을 결코 본 적 없고,
지금도 다시는 볼 수 없다.
하지만, 마치 머리 허연 지인(知人)에게,
기쁨과 고통에게 사랑받듯,
골짜기와 작은 강,

소 떼, 풀밭, 잎 다 떨군 물푸레나무들,
온통 느릅나무로 가려진, 농가에서 나온
병아리들, 똑같은 간격을 두고
내려오는 지류(支流)들,
어제 일꾼의 낫이

말끔하게 베어낸 크로커스처럼 누런
생채기가 난 개울 아래쪽으로
늘어선 야생 자두나무들, 또 모든 걸 암시만 하고
아무 말도 하지 않는 산들바람에 대해
내가 품은 애정은 컸었다.

나는 아무것도 기대하지 않았고
기억하지도 않았다. 하지만 어떤 목적지에
나는 그때 닿았다. 만일 내가 여행을 계속하면서
내 영혼엔 속삭이려고도 하지 않는
무언가를 노래할 수 있다면,

I should use, as the trees and birds did,
A language not to be betrayed;
And what was hid should still be hid
Excepting from those like me made
Who answer when such whispers bid.

나는 나무들과 새들이 그랬듯
누설되지 않을 언어를 사용해야 하리라.
또 감춰진 것은 그런 속삭임이 명할 때
응답하게 된 나 같은 이들을 뺀
다른 이들에게는 여전히 감춰져야 하리라.

1. 에드워드 토머스는 1914년 10월에 처음으로 웨일스를 방문했다.
   부친은 웨일스 출신이지만 토머스 자신은 런던에서 태어나 교육받았다.

The Gallows

There was a weasel lived in the sun
With all his family,
Till a keeper shot him with his gun
And hung him up on a tree,
Where he swings in the wind and rain,
In the sun and in the snow,
Without pleasure, without pain,
On the dead oak tree bough.

There was a crow who was no sleeper,
But a thief and a murderer
Till a very late hour; and this keeper
Made him one of the things that were,
To hang and flap in rain and wind,
In the sun and in the snow.
There are no more sins to be sinned
On the dead oak tree bough.

교수대

한때 족제비 한 마리가 가족과 함께
양지바른 곳에 살았는데,
결국 사냥터지기가 총으로 쏘아
나무에 녀석을 매달았고,
이제 녀석은 바람과 비와
햇살과 눈 속에서
쾌감도 없이 고통도 없이
죽은 떡갈나무 가지에서 흔들리네.

한때 까마귀 한 마리가 잠 한숨 안 자고
아주 늦은 시각까지
도둑질과 살해를 일삼았는데, 이 사냥터지기가
녀석을 바람과 비와
햇살과 눈 속에 매달려
퍼덕거릴 물건으로 만들어버렸네.
죽은 떡갈나무 가지에서
저질러질 죄가 이제는 없네.

There was a magpie, too,
Had a long tongue and a long tail;
He could both talk and do —
But what did that avail?
He, too, flaps in the wind and rain
Alongside weasel and crow,
Without pleasure, without pain,
On the dead oak tree bough.

And many other beasts
And birds, skin, bone and feather,
Have been taken from their feasts
And hung up there together,
To swing and have endless leisure
In the sun and in the snow,
Without pain, without pleasure,
On the dead oak tree bough.

한때 긴 혀와 긴 꼬리를 지닌
까치도 있었네.
녀석은 말도 행동도 다 할 줄 알았네—
하지만 그게 무슨 소용이었나?
녀석도 족제비와 까마귀와 나란히
바람과 비 속에서
쾌감도 없이 고통도 없이
죽은 떡갈나무 가지에서 퍼덕거리네.

뼈와 거죽과 깃털만 남은
다른 많은 짐승들과 새들도
저희 잔치에서 떼어놓아져
거기 함께 매달려
햇살과 눈 속에서
한없이 느긋하게
고통도 없이 쾌감도 없이
죽은 떡갈나무 가지에서 흔들리네.

III 오직 어둡고 이름 없고 끝없는 가로수길뿐

Beauty

What does it mean? Tired, angry, and ill at ease,
No man, woman, or child alive could please
Me now. And yet I almost dare to laugh
Because I sit and frame an epitaph —
"Here lies all that no one loved of him
And that loved no one." Then in a trice that whim
Has wearied. But, though I am like a river
At fall of evening while it seems that never
Has the sun lighted it or warmed it, while
Cross breezes cut the surface to a file,
This heart, some fraction of me, happily
Floats through the window even now to a tree
Down in the misting, dim-lit, quiet vale,
Not like a pewit that returns to wail
For something it has lost, but like a dove
That slants unswerving to its home and love.
There I find my rest, and through the dusk air
Flies what yet lives in me. Beauty is there.

아름다움

어떤 의미일까? 피곤하고 화나고 마음이 편치 않고
남자건 여자건 아이건 살아 있는 누구도 지금
나를 즐겁게 해주질 못한다. 그런데도 난 거의 웃음이
        나올 정도다,
앉아서 묘비명을 구상하고 있으니까 —
"누구에게서도 사랑받지 못했고 누구도 사랑하지
        않았던 이의
모든 게 여기 누워 있다." 그러곤 순식간에
그 변덕스러운 기분이 지겨워졌다. 하지만, 비록 내가
날이 저물 무렵의 강물 같아서 해가 한 번도 비친 적도
데워준 적도 없는 듯 보여도,
맞바람이 수면을 잘라 한 줄로 만드는 동안
이 가슴, 나의 어떤 일부분은 지금 이 순간에도
행복하게 창문을 통과해 안개 끼고 희미하게 빛나는
조용한 계곡의 어떤 나무로 내려간다.
돌아와 제가 잃어버린 어떤 것을 찾아 구슬피 우는
댕기물떼새처럼이 아니라, 제 둥지와 사랑하는 짝에게로
흔들림 없이 비스듬히 내려가는 비둘기처럼.
거기서 난 안식을 얻고, 황혼의 대기 속으로
내 안에 아직 살아 있는 무언가가 날아간다. 아름다움은
        거기 있다.

Old Man

Old Man, or Lad's-love, — in the name there's nothing
To one that knows not Lad's-love, or Old Man,
The hoar-green feathery herb, almost a tree,
Growing with rosemary and lavender.
Even to one that knows it well, the names
Half decorate, half perplex, the thing it is:
At least, what that is clings not to the names
In spite of time. And yet I like the names.

The herb itself I like not, but for certain
I love it, as some day the child will love it
Who plucks a feather from the door-side bush
Whenever she goes in or out of the house.
Often she waits there, snipping the tips and shrivelling
The shreds at last on to the path, perhaps
Thinking, perhaps of nothing, till she sniffs
Her fingers and runs off. The bush is still
But half as tall as she, though it is as old;
So well she clips it. Not a word she says;

노인풀

'노인풀', 또는 '풋사랑풀'[1]—그 이름엔 아무 의미가
      없다,
로즈메리나 라벤더와 함께 자라는,
나무나 다름없는, 깃털 같은 회녹색 풀인
풋사랑풀, 또는 노인풀을 알지 못하는 이에겐.
그 풀을 잘 아는 이에게도 그 이름들은
실상을 반은 장식하고 반은 혼란스럽게 만든다.
적어도 그 실상은 아무리 시간이 지나도
그 이름들에 달라붙지 않는다. 하지만 나는 그 이름들이
      좋다.

나는 그 풀 자체를 좋아하진 않지만, 마치 집을 들락거릴
      때마다
문간 옆 수풀에서 깃털 같은 잎 하나를 뽑는 아이가
언젠가 그 풀을 사랑하게 되듯이[2]
확실히 나는 그 풀을 사랑한다.
종종 여자애는 거기서 기다리다가, 어쩌면 생각에 잠겨,
어쩌면 아무 생각 없이, 끝부분을 싹둑 잘라
기어이 잎 조각들을 오그라뜨려 길바닥에 버리고는, 결국
제 손가락을 냄새 맡다가 달아난다. 수풀은 아직도
그 애 키의 절반밖에 되지 않는다, 나이는 같지만.
풀을 그 애는 그토록 잘 잘라낸다. 말 한마디 없이.

And I can only wonder how much hereafter
She will remember, with that bitter scent,
Of garden rows, and ancient damson-trees
Topping a hedge, a bent path to a door,
A low thick bush beside the door, and me
Forbidding her to pick.

                As for myself,
Where first I met the bitter scent is lost.
I, too, often shrivel the grey shreds,
Sniff them and think and sniff again and try
Once more to think what it is I am remembering,
Always in vain. I cannot like the scent,
Yet I would rather give up others more sweet,
With no meaning, than this bitter one.

그리고 나는 나중에 그 애가 그 씁쓸한 냄새와 함께,
정원에 늘어선 화초들을, 또 생울타리보다 높이 솟은
오래된 오얏나무들을, 문에 이르는 에움길을,
문간 옆의 나지막한 빽빽한 수풀을, 또 저에게
따지 말라고 이르는 나를 얼마나 많이 기억할지
그저 궁금할 뿐이다.

                    정작 나 자신은
어디서 맨 처음 그 씁쓸한 냄새를 마주했는지 잊어버렸다.
나도 종종 그 잿빛 잎 조각들을 오그라뜨려
냄새 맡고는 생각하고 다시 냄새 맡고는 한 번 더
내가 기억하고 있는 게 뭔지 생각하려 애쓰지만,
늘 허사다. 그 냄새를 좋아할 순 없지만,
그래도 이 씁쓸한 냄새보다는
아무 의미 없는, 더 향긋한 다른 냄새들을 차라리
    포기하련다.

I have mislaid the key. I sniff the spray
And think of nothing; I see and I hear nothing;
Yet seem, too, to be listening, lying in wait
For what I should, yet never can, remember:
No garden appears, no path, no hoar-green bush
Of Lad's-love, or Old Man, no child beside,
Neither father nor mother, nor any playmate;
Only an avenue, dark, nameless, without end.

열쇠를 둔 곳을 잊어버렸다. 나는 잔가지를 냄새 맡지만
아무것도 생각나지 않는다. 아무것도 보이거나 들리지
　　않는다.
그래도, 또, 내가 기억해야 하지만 결코 기억할 수 없는
　　것을
누워 기다리며 듣고 있는 듯하다.
정원도, 길도, 풋사랑풀 또는 노인풀의
회녹색 수풀도, 그 곁의 아이도,
아버지나 어머니도, 놀이 친구도 나타나지 않고,
오직 어둡고 이름 없고 끝없는 가로수길뿐.

1. '노인풀'과 '풋사랑풀'은 개사철쑥(southernwood, 학명은 artemisia
   abrotanum)을 가리키는 속명이다. '노인풀'이란 속명은 이 풀의 잎이
   깃털 같은 은색이기 때문에, 또 '풋사랑풀'이란 속명은 이 풀이 연인들의
   부케에 흔히 사용되었기 때문에 지어진 것이다. 냄새뿐만 아니라
   맛도 씁쓸한 개사철쑥은 전통적으로 약재로 사용되어왔고, 로즈메리나
   라벤더와 함께 향주머니에 넣어 서랍이나 옷장에 비치되곤 했다.
2. 1910년에 태어난 둘째 딸 마이판위(Myfanwy). 웨일스식으로는
   '머바누이'로 발음된다.

The Unknown Bird

Three lovely notes he whistled, too soft to be heard
If others sang; but others never sang
In the great beech-wood all that May and June.
No one saw him: I alone could hear him
Though many listened. Was it but four years
Ago? or five? He never came again.

Oftenest when I heard him I was alone,
Nor could I ever make another hear.
La-la-la! he called, seeming far-off —
As if a cock crowed past the edge of the world,
As if the bird or I were in a dream.
Yet that he travelled through the trees and sometimes
Neared me, was plain, though somehow distant still
He sounded. All the proof is — I told men
What I had heard.

미지의 새

다른 새들이 울었다면 너무 나직해 들리지 않을
사랑스러운 음 세 개를 녀석은 지저귀었다. 하지만 다른
　　　새들은
그 오뉴월 내내 거대한 너도밤나무에서 운 적이 없었다.
녀석을 본 사람은 아무도 없었다. 많은 이들이 귀
　　　기울였지만
나만 녀석의 울음을 들을 수 있었다. 그게 겨우 4년
전이었던가? 아니면 5년 전? 녀석은 다시는 오지 않았다.

녀석의 울음을 들었을 때 나는 아주 자주 혼자였고,
딴 사람이 그 울음을 듣게 할 수도 없었다.
라라라! 하고 녀석은 외쳤는데, 아득히 먼 곳 같았다─
마치 수탉이 이 세상의 가장자리를 지나가며 우는 듯이,
마치 녀석이나 내가 꿈을 꾸고 있는 듯이.
녀석은 어떻든 여전히 멀리서 울긴 했지만
나무들 사이로 돌아다니고 때로 내게 다가온 건
분명했다. 증거라야─내가 들었던 소리를
사람들에게 얘기한 것뿐.

I never knew a voice,
Man, beast, or bird, better than this. I told
The naturalists; but neither had they heard
Anything like the notes that did so haunt me,
I had them clear by heart and have them still.
Four years, or five, have made no difference. Then
As now that La-la-la! was bodiless sweet:
Sad more than joyful it was, if I must say
That it was one or other, but if sad
'Twas sad only with joy too, too far off
For me to taste it. But I cannot tell
If truly never anything but fair
The days were when he sang, as now they seem.
This surely I know, that I who listened then,
Happy sometimes, sometimes suffering
A heavy body and a heavy heart,
Now straightway, if I think of it, become
Light as that bird wandering beyond my shore.

　　　　　　　사람이나 짐승이나 새의 목소리를
내가 이보다 더 잘 알았던 적은 결코 없었다.
　　　박물학자들에게
얘기했지만, 그들 중 누구도 그토록 내 귀를 사로잡아
마음속에 또렷이 새겨져 아직껏 남아 있는
그 음들 같은 건 들어보지 못했었다.
4, 5년이 지나도 달라진 건 전혀 없었다. 그때도
지금처럼 그 라라라!는 실체도 없이 감미로웠다.
이쪽인지 저쪽인지 둘 중 하나를 골라야 한다면
기쁘다기보다는 슬픈 것이었지만, 슬프더라도
오직 기쁨이 깃든 슬픈 것이었고, 내가 맛보기엔
너무 멀리 떨어져 있었다. 하지만 난
녀석이 울었던 날들이, 지금 그렇게 보이듯,
진정으로 화창한 날이기만 했는지는 말할 수 없다.
이건 확실히 안다. 때로는 행복하게,
때로는 몸도 마음도 무거운 채로,
그때 귀를 기울였던 내가 그 소리를 떠올릴 때면
지금 바로, 내 해안 너머에서 떠도는
그 새처럼 경쾌해진다는 것을.

The Signpost

The dim sea glints chill. The white sun is shy,
And the skeleton weeds and the never-dry,
Rough, long grasses keep white with frost
At the hilltop by the finger-post;
The smoke of the traveller's-joy is puffed
Over hawthorn berry and hazel tuft.

I read the sign. Which way shall I go?
A voice says: You would not have doubted so
At twenty. Another voice gentle with scorn
Says: At twenty you wished you had never been born.

One hazel lost a leaf of gold
From a tuft at the tip, when the first voice told
The other he wished to know what 'twould be
To be sixty by this same post. "You shall see,"
He laughed — and I had to join his laughter —

표지판

어렴풋한 바다는 싸늘하게 번득인다. 하얀 해는
    부끄러워하고,
뼈대만 앙상한 잡초들과 마르는 법 없는
거칠고 긴 풀들은 언덕 꼭대기의
손가락 모양 표지판 옆에서 서리로 내내 하얗다.
좀사위질빵에 달린 허연 연기 같은 이삭이 날려 가
산사나무 열매와 개암 다발 위에 얹혀 있다.

난 표지판을 읽는다. 어느 길로 갈까?
한 목소리가 말한다, 넌 스무 살 때에는
그런 의문을 품지 않았을 텐데. 경멸 섞인 다른 부드러운
    목소리가
말한다, 스무 살 때 넌 아예 태어나지 않았으면 했었지.

한 개암나무 끝에 있는 다발에서
금빛 잎 하나가 사라졌을 때, 첫 번째 목소리가 다른
    목소리에게
자기는 예순 살이 되어 이 똑같은 표지판 옆에 있게 되면
어떨지 알고 싶다고 말했다. "두고 봐야지"라고 말하며
두 번째 목소리가 웃었다—나도 따라 웃을 수밖에
    없었다—

"You shall see; but either before or after,
 Whatever happens, it must befall,
 A mouthful of earth to remedy all
 Regrets and wishes shall freely be given;
 And if there be a flaw in that heaven
 'Twill be freedom to wish, and your wish may be
 To be here or anywhere talking to me,
 No matter what the weather, on earth,
 At any age between death and birth, —
 To see what day or night can be,
 The sun and the frost, the land and the sea,
 Summer, Autumn, Winter, Spring, —
 With a poor man of any sort, down to a king,
 Standing upright out in the air
 Wondering where he shall journey, O where?"

"두고 봐야지. 하지만 무슨 일이건 간에,
 반드시 그 일이 일어나기 전이건 후건,
 모든 후회와 바람을 낫게 해줄
 흙이 한입 가득 거저 주어질걸.
 또 만일 그 천국에 어떤 결함이 있다면
 그건 바랄 수 있는 자유일 거고, 네 바람은
 지상의 날씨가 어떻든 간에,
 사망과 출생 사이의 어떤 나이건 간에,
 여기서건 다른 어디서건 나와 얘기하는 것 —
 낮과 밤이 어떤 모습일 수 있는지를,
 해와 서리를, 육지와 바다를,
 여름과 가을과 겨울과 봄을 보는 것일 거야 —
 밖에 나가 똑바로 서서
'나는 어디로, 오 어디로 가게 될까' 궁금해하는
 왕이 됐든 뭐가 됐든 가엾은 한 사내와 함께."

Over the Hills

Often and often it came back again
To mind, the day I passed the horizon ridge
To a new country, the path I had to find
By half-gaps that were stiles once in the hedge,
The pack of scarlet clouds running across
The harvest evening that seemed endless then
And after, and the inn where all were kind,
All were strangers. I did not know my loss
Till one day twelve months later suddenly
I leaned upon my spade and saw it all,
Though far beyond the sky-line. It became
Almost a habit through the year for me
To lean and see it and think to do the same
Again for two days and a night. Recall
Was vain: no more could the restless brook
Ever turn back and climb the waterfall
To the lake that rests and stirs not in its nook,
As in the hollow of the collar-bone
Under the mountain's head of rush and stone.

언덕을 넘어

몇 번이고 거듭 맘속에 되돌아왔다,
내가 지평선 끝의 능선을 넘어 새 고장으로 갔던 날이,
한때 생울타리의 넘어 다니는 계단이었던
반쯤 벌어진 틈새들로 찾아내야 했던 길이,
그때에도 그 후에도 끝없는 듯했던
수확기 저녁을 가로질러 내달리던 주홍색 구름 무리가,
또 다들 친절했지만 다들 낯선 이들뿐이던
그 여관이. 12개월 뒤 어느 날 갑자기
내가 삽에 몸을 기대고, 비록 지평선 한참 너머이긴
        했지만,
그 모든 걸 다 볼 때까지는
난 내가 잃은 것을 알아차리지 못했다. 그해 내내
내게는 몸을 기울이고 그걸 보면서
이틀 낮과 하룻밤 동안 다시 똑같이 해볼까
생각하는 게 거의 습관이 되었다. 회상해봐야
허사였다. 끊임없이 흐르는 개울은 더는
되돌아가 폭포를 기어오를 수도,
골풀과 돌로 이루어진 산의 머리 아래
쇄골의 움푹 꺼진 부분처럼
그 어느 구석에서도 흔들림 없이 쉬는 호수에 이를 수도
        없었다.

Home[1]

Not the end: but there's nothing more.
Sweet Summer and Winter rude
I have loved, and friendship and love,
The crowd and solitude:

But I know them: I weary not;
But all that they mean I know.
I would go back again home
Now. Yet how should I go?

This is my grief. That land,
My home, I have never seen;
No traveller tells of it,
However far he has been.

And could I discover it,
I fear my happiness there,
Or my pain, might be dreams of return
Here, to these things that were.

---

1. 기존 판본들에는 "Home [1]"으로 나와 있다.

고향

끝은 아니지만, 더는 없다.
향긋한 여름과 황량한 겨울,
우정과 사랑, 군중과 고독을
나는 사랑했다.

하지만 나는 그것들을 안다. 지겹지는 않다.
하지만 그것들이 뜻하는 바를 다 안다.
지금 다시 고향으로 되돌아가고
싶다. 하지만 어떻게 가야 할까?

이것이 나의 슬픔이다. 내 고향인
그 땅을 한 번도 본 적이 없다는 것.
아무리 멀리까지 가본 여행자라도
그곳 이야기를 하는 법이 없다.[1]

또 내가 그곳을 찾아낼 수 있다 한들
그곳에서의 내 행복, 또는 고통이
이곳으로, 과거의 이것들에게로
돌아오는 꿈일 수도 있다는 게 두렵다.

Remembering ills, though slight
Yet irremediable,
Brings a worse, an impurer pang
Than remembering what was well.

No: I cannot go back,
And would not if I could.
Until blindness come, I must wait
And blink at what is not good.

비록 하찮지만 돌이킬 수 없는
불행들을 기억하는 건
좋았던 것들을 기억하는 것보다
심한, 더 불순한 격통을 안긴다.

아니다. 나는 돌아갈 수 없고,
그럴 수 있더라도 그러지 않으련다.
마침내 눈멀게 될 때까지 나는 기다리며
좋지 않은 것을 못 본 체해야 하리라.

1. 『햄릿』 3막 1장에서 햄릿은 "그 어떤 여행자도 / 가서는 돌아온 적 없는
그 미지의 나라인 죽음"에 관해 언급한다.

The New House

Now first, as I shut the door,
I was alone
In the new house; and the wind
Began to moan.

Old at once was the house,
And I was old;
My ears were teased with the dread
Of what was foretold,

Nights of storm, days of mist, without end;
Sad days when the sun
Shone in vain: old griefs and griefs
Not yet begun.

All was foretold me; naught
Could I foresee;
But I learnt how the wind would sound
After these things should be.

새집

문을 닫자, 이제 처음으로
새집에서
나는 혼자였다. 그리고 바람은
신음하기 시작했다.

즉시 집은 낡아버렸고
나도 늙어 있었다.
내 귀는 예고된 것들,
끝없는 폭풍의 밤들과 안개의 낮들,

해가 헛되이 빛났던
슬픈 날들, 해묵은 슬픔과
아직 시작되지 않은 슬픔에 대한
두려움으로 시달렸다.

모든 게 내게 예고되었지만, 아무것도
예견할 수는 없었다.
하지만 그래야 하는 것들이 지나간 뒤에
어떤 바람 소리가 날지 나는 배웠다.

Wind and Mist

They met inside the gateway that gives the view,
A hollow land as vast as heaven. "It is
A pleasant day, sir." "A very pleasant day."
"And what a view here! If you like angled fields
Of grass and grain bounded by oak and thorn,
Here is a league. Had we with Germany
To play upon this board it could not be
More dear than April has made it with a smile.
The fields beyond that league close in together
And merge, even as our days into the past,
Into one wood that has a shining pane
Of water. Then the hills of the horizon —
That is how I should make hills had I to show
One who would never see them what hills were like."
"Yes. Sixty miles of South Downs at one glance.
Sometimes a man feels proud of them, as if
He had just created them with one mighty thought."

바람과 안개

그들은 그 전망[1], 하늘만큼 광활한 우묵한 땅을
한눈에 볼 수 있는 입구 안쪽에서 만났다.
"무척 상쾌한 날이군요." "무척 상쾌한 날이네요."
"여긴 전망이 정말 좋아요. 떡갈나무와 가시나무 경계가
        있는
각진 풀밭과 곡물 밭을 좋아하신다면,
여기 3마일이나 펼쳐져 있군요. 우리가 독일과
이 판 위에서 승부를 겨뤄야 한다면 거기에 미소를
        지어주는
4월보다 사랑스러운 시기는 없을 거예요.
그 3마일 너머의 밭들은 서로 붙어서,
꼭 우리의 나날이 합쳐져 과거가 되듯
합쳐져 빛나는 물로 된 창유리를 지닌
하나의 숲이 되죠. 그다음엔 지평선의 언덕들—
언덕이라는 게 어떻게 생긴 건지 결코 볼 일이 없는
        사람에게 언덕들을
보여줘야 한다면 난 바로 저런 방식으로 언덕들을 만들어
        낼 거예요."
"맞아요. 60마일이나 되는 사우스다운스가 한눈에 보이죠.
때로 사람은 마치 자기가 어떤 막강한 구상으로
그것들을 막 창조한 것처럼 그 언덕들에 대해 자부심을
        느끼구요."

"That house, though modern, could not be better planned
 For its position. I never liked a new
 House better. Could you tell me who lives in it?"
"No one." "Ah — and I was peopling all
 Those windows on the south with happy eyes,
 The terrace under them with happy feet;
 Girls —" "Sir, I know. I know. I have seen that house
 Through mist look lovely as a castle in Spain,
 And airier. I have thought: 'Twere happy there
 To live.' And I have laughed at that
 Because I lived there then." "Extraordinary."
"Yes, with my furniture and family
 Still in it, I, knowing every nook of it
 And loving none, and in fact hating it."
"Dear me! How could that be? But pardon me."
"No offence. Doubtless the house was not to blame,
 But the eye watching from those windows saw,
 Many a day, day after day, mist — mist
 Like chaos surging back — and felt itself
 Alone in all the world, marooned alone.
 We lived in clouds, on a cliff's edge almost
 (You see), and if clouds went, the visible earth
 Lay too far off beneath and like a cloud.
 I did not know it was the earth I loved

"저 집은, 현대적이긴 하지만, 그 입지로 보아
  최고로 잘 설계된 집이네요. 난 새로 지은 집을 이만큼
  좋아해본 적이 없거든요. 누가 저 집에 사는지 아세요?"
"아무도 안 산답니다." "아—그런데 난
  남쪽의 그 모든 창은 행복한 눈들로, 그 아래 테라스는
  행복한 발들로 바글거리는 상상을 하던 중이었어요.
  여자애들이—" "무슨 말씀인지 알겠어요. 알죠. 내겐 그
          집이
  안개 사이로 스페인의 어떤 성처럼 사랑스럽게,
  그리고 더 환상적으로 보이던걸요. 난 생각했죠. '저기
          살면
  행복할 텐데.' 그러고는 그 생각을 비웃었는데,
  내가 그때 거기 살았거든요." "놀랍군요."
"그래요, 내 가구며 가족이
  여전히 거기 있었을 때, 난, 그 집 구석구석을 다 알았고,
  마음에 드는 건 하나도 없었고, 사실 그 집을
          싫어했거든요."
"이런, 어쩌나! 어떻게 그럴 수 있죠? 하지만 용서하세요."
"전혀 기분 상하지 않았어요. 분명히 그 집 탓은 아니지만,
  저 창들을 통해 바깥을 내다보는 눈은
  숱한 날들 동안, 날마다, 안개—혼돈처럼
  마구 되밀려드는 안개—를 보고 스스로 이 세상에서
  혼자라고, 홀로 무인도에 버려졌다고 느꼈죠.
  우린 구름 속에서, 거의 벼랑 끝에서 살았고
  (보시다시피), 구름들이 지나가고 나면 눈에 보이는 땅은
  저 아래 너무 먼 곳에 구름처럼 깔려 있었어요.
  난 그게 내가 사랑하는 땅인지도 몰랐어요,

Until I tried to live there in the clouds
And the earth turned to cloud." "You had a garden
Of flint and clay, too." "True; that was real enough.
The flint was the one crop that never failed.
The clay first broke my heart, and then my back;
And the back heals not. There were other things
Real, too. In that room at the gable a child
Was born while the wind chilled a summer dawn:
Never looked grey mind on a greyer one
Than when the child's cry broke above the groans."
"I hope they were both spared." "They were. Oh yes.
But flint and clay and childbirth were too real
For this cloud castle. I had forgot the wind.
Pray do not let me get on to the wind.
You would not understand about the wind.
It is my subject, and compared with me
Those who have always lived on the firm ground
Are quite unreal in this matter of the wind.
There were whole days and nights when the wind and I
Between us shared the world, and the wind ruled
And I obeyed it and forgot the mist.
My past and the past of the world were in the wind.
Now you will say that though you understand
And feel for me, and so on, you yourself

내가 거기 구름 속에서 살려고 애쓰고
땅이 구름들로 변할 때까지는요." "댁에는 차돌이랑
　　점토가 깔린
정원도 있었군요." "맞아요. 진짜 정원이었죠.
차돌은 줄어든 적 없는 유일한 수확물이었어요.
점토는 처음엔 내 가슴을, 그러곤 내 등을 부서뜨렸고
등은 아직도 낫지 않았죠. 또 진짜였던 다른 일들도
있었어요. 박공이 있는 저 방에서 아기가
태어났는데, 바람이 어느 여름날 새벽을 서늘하게
　　만들었을 때였어요.
아기 울음이 신음 위로 터져 나왔을 때보다
잿빛 마음이 더 잿빛을 띠었던 적은 없었죠." [2]
"산모나 아기가 다 무사했기를 바라요." "무사했죠. 오,
　　그랬죠.
하지만 차돌과 점토와 출산은 이 구름성에서 일어나기엔
너무 현실적인 일들이었어요. 바람을 깜박했군요.
제발 내가 바람까진 안 건드렸으면 했는데.
댁은 바람에 대해선 이해하지 못할 거예요.
그건 내 문제고, 나랑 견주면
늘 단단한 땅에서 살아온 이들에겐
이 바람 문제가 전혀 실감 나지 않겠죠.
며칠간 밤낮으로 내내 바람과 내가 둘이서만
이 세상을 나눠 갖던 때가 있었는데, 바람이 지배하고
난 거기 복종하면서 안개는 잊고 있었어요.
내 과거와 이 세상의 과거는 바람 속에 있었구요.
이제 댁은 내 말이 이해가 되고
내가 가엾게 여겨지거나 그러더라도 댁이라면 조금 다르게

Would find it different. You are all like that
If once you stand here free from wind and mist:
I might as well be talking to wind and mist.
You would believe the house-agent's young man
Who gives no heed to anything I say.
Good morning. But one word. I want to admit
That I would try the house once more, if I could;
As I should like to try being young again."

생각할 것 같다고 말하겠죠. 댁 같은 분들은 다 그럴
   거예요,
만일 바람이나 안개에서 벗어나 일단 여기 서 있게
   되면요.
나도 차라리 바람이랑 안개에 대고 말하는 게 낫겠어요.
댁은 내 말에는 전혀 개의치 않는
부동산 중개업소의 젊은 친구 말을 믿으시겠죠.
좋은 아침 시간 보내세요. 하지만 한마디만요. 내가
   인정하고 싶은 건,
할 수만 있다면 내가 이 집에서 한 번 더 살아보려 애쓸
   거라는 사실이에요.
마치 다시 한번 젊어지려 애써보고 싶은 것처럼요."

1. 에드워드 토머스가 1909년부터 1913년까지 살았던 스티프의 윅 그린에
   있는 새집 근처의 서재 부근에서 바라본 전망.
2. 난산 끝에 태어난 둘째 딸 마이판위는 곧 원인을 알 수 없는 병에 걸려
   무척 고생하다가 결국 나았지만, 토머스 부부는 이 때문에 그 집을 더욱
   싫어하게 되었다.

Melancholy

The rain and wind, the rain and wind, raved endlessly.
On me the Summer storm, and fever, and melancholy
Wrought magic, so that if I feared the solitude
Far more I feared all company: too sharp, too rude,
Had been the wisest or the dearest human voice.
What I desired I knew not, but whate'er my choice
Vain it must be, I knew. Yet naught did my despair
But sweeten the strange sweetness, while through the wild
    air
All day long I heard a distant cuckoo calling
And, soft as dulcimers, sounds of near water falling,
And, softer, and remote as if in history,
Rumours of what had touched my friends, my foes, or me.

우울

비와 바람, 비와 바람은 끝없이 사납게 날뛰었다.
내게 여름 폭풍우와 신열(身熱)과 우울은
마법을 걸어, 설령 내가 고독을 두려워했더라도
나는 온갖 교제가 훨씬 두려웠다. 너무 신랄하고 너무
    난폭했다,
가장 지혜롭거나 가장 사랑스러운 이의 목소리조차.
바라는 게 뭔지 알지 못했지만, 어느 쪽을 택하건 간에
허사일 수밖에 없다는 걸 나는 알았다. 하지만 소란스러운
    대기를 통해
종일 내가 먼 곳의 뻐꾸기가 불러대는 소리,
덜시머[1]처럼 부드러운, 가까운 곳의 빗물이 떨어지는
    소리,
또 내 벗들, 내 적들, 또는 나를 건드렸던 것에 대한
더 부드러운, 마치 역사 속인 양 아련한 소문들을
    듣는 동안
내 절망은 그저 야릇한 달콤함을 달콤하게만 할 뿐이었다.

---

1. 공명상자에 금속 줄을 달고 조그마한 해머로 쳐서 연주하는
   고대 현악기.

The Glory

The glory of the beauty of the morning, —
The cuckoo crying over the untouched dew;
The blackbird that has found it, and the dove
That tempts me on to something sweeter than love;
White clouds ranged even and fair as new-mown hay;
The heat, the stir, the sublime vacancy
Of sky and meadow and forest and my own heart: —
The glory invites me, yet it leaves me scorning
All I can ever do, all I can be,
Beside the lovely of motion, shape, and hue,
The happiness I fancy fit to dwell
In beauty's presence. Shall I now this day
Begin to seek as far as heaven, as hell,
Wisdom or strength to match this beauty, start
And tread the pale dust pitted with small dark drops,
In hope to find whatever it is I seek,
Hearkening to short-lived happy-seeming things
That we know naught of, in the hazel copse?

광휘

아침의 아름다움의 광휘—
누구도 만진 적 없는 이슬 위에서 우는 뻐꾸기,
그걸 본 검은지빠귀, 사랑보다 달콤한
어떤 것으로 나를 유혹하는 비둘기,
갓 베어낸 건초만큼 아름답고 가지런하게 늘어선 흰
    구름들,
하늘과 목초지와 숲과 나 자신의 마음의
열기와 동요와 숭엄한 공백—
그 광휘가 나를 초대하지만, 사랑스러운 동작과 형체와
    색조와
아름다움이 있는 곳에 깃드는 게 어울린다고
내가 생각한 행복에 견주니
그것은 내가 언제든 해낼 수 있는 모든 것과 나라는
    존재의 모든 가능성을
스스로 비웃게 만든다. 이제 나는 오늘
지옥뿐만 아니라 머나먼 천국까지 이 아름다움에 걸맞은
지혜나 힘을 찾기 시작해, 우리가 전혀 모르는
행복해 보이는 덧없는 것들에 귀를 기울이면서
개암나무 숲에서 뭐가 되었건 내가 구하는 바를 찾겠다는
    희망을 품고,
길을 나서서 시커먼 작은 빗방울들로 구멍이 난
어슴푸레한 흙먼지를 밟고 다녀야 할까?

Or must I be content with discontent
As larks and swallows are perhaps with wings?
And shall I ask at the day's end once more
What beauty is, and what I can have meant
By happiness? And shall I let all go,
Glad, weary, or both? Or shall I perhaps know
That I was happy oft and oft before,
Awhile forgetting how I am fast pent,
How dreary-swift, with naught to travel to,
Is Time? I cannot bite the day to the core.

아니면 종달새와 제비가 어쩌면 제 날개에 만족하듯
나는 불만에 만족해야 할까?
또 나는 이 하루가 끝날 때 한 번 더
아름다움이 무엇인지, 행복이란 말로 뭘 뜻할 수 있는지
물어보아야 할까? 또 나는 기쁨이건 지겨움이건,
아니면 그 둘 다건, 만사를 놓아버려야 할까? 아니면
        어쩌면 나는
어떻게 내가 단단히 갇혀 있는지,
또 얼마나 음울하고 빠르게 시간이 행선지도 없이
        쏘다니는지
잠시 잊고, 내가 전에 자주자주 행복했다는 것을
알게 될까? 나는 이 하루를 속심까지 깨물 수가 없다.

Aspens

All day and night, save winter, every weather,
Above the inn, the smithy, and the shop,
The aspens at the cross-roads talk together
Of rain, until their last leaves fall from the top.

Out of the blacksmith's cavern comes the ringing
Of hammer, shoe, and anvil; out of the inn
The clink, the hum, the roar, the random singing —
The sounds that for these fifty years have been.

The whisper of the aspens is not drowned,
And over lightless pane and footless road,
Empty as sky, with every other sound
Not ceasing, calls their ghosts from their abode,

A silent smithy, a silent inn, nor fails
In the bare moonlight or the thick-furred gloom,
In tempest or the night of nightingales,
To turn the cross-roads to a ghostly room.

사시나무들[1]

밤낮으로 내내, 겨울 빼고 어떤 날씨건 간에,
여관과 대장간과 가게 위쪽에서
십자로의 사시나무들은 마지막 잎들이
우듬지에서 떨어질 때까지 함께 비에 관해 얘기한다.

대장간의 용광로에서는 망치와 편자와 모루가
울리는 소리가, 여관에서는
쨍강 소리와 콧노래와 고함과 제멋대로 부르는
  노랫소리가 들린다—
지금까지 50년간 들렸던 소리들이.

사시나무들의 속삭임은 묻히지 않고,
다른 온갖 소리가 그치지 않는 가운데,
빛이 사라진 창유리 위로, 누구도 지나다닌 적 없는
하늘처럼 텅 빈 길 위로, 유령들의 거처인 고요한
  대장간과

고요한 여관에서 유령들을 불러내고,
적나라한 달빛을 받거나 두꺼운 모피를 걸친 어둠
  속에서,
폭풍 속에서나 나이팅게일들이 노래하는 밤중에[2]
반드시 십자로를 유령의 방으로 바꿔놓는다.

And it would be the same were no house near.
Over all sorts of weather, men, and times,
Aspens must shake their leaves and men may hear
But need not listen, more than to my rhymes.

Whatever wind blows, while they and I have leaves
We cannot other than an aspen be
That ceaselessly, unreasonably grieves,
Or so men think who like a different tree.

근처에 인가가 없었더라도 똑같았으리라.
온갖 날씨와 사람들과 시대 위로
사시나무들은 잎을 흔들어야만 하고 또 사람들 귀에 들릴
　　테지만
사람들은 내 시에 귀 기울이는 것 이상으로 그 소리에 귀
　　기울일 필요가 없으니.

어떤 바람이 불어오든 간에 잎을 달고 있는 동안 그들과
　　나는
우리는 끊임없이 지나치게 비통해하는
다름 아닌 사시나무일 수밖에 없고,
다른 나무를 좋아하는 사람들도 그렇게 생각하리라.

1. 에드워드 토머스는 1915년 7월에 이 시를 쓴 후 자신이 군에
　　입대하기로 했다는 소식을 담은 편지와 함께 이 시를 로버트
　　프로스트에게 보냈다. 프로스트는 이 시를 "그의 시 중에서 가장
　　사랑스러운 작품"이라고 생각했다.
2. 나이팅게일의 노래는 대개 평온한 밤중에 들린다.

Celandine

Thinking of her had saddened me at first,
Until I saw the sun on the celandines lie
Redoubled, and she stood up like a flame,
A living thing, not what before I nursed,
The shadow I was growing to love almost,
The phantom, not the creature with bright eye
That I had thought never to see, once lost.

She found the celandines of February
Always before us all. Her nature and name
Were like those flowers, and now immediately
For a short swift eternity back she came,
Beautiful, happy, simply as when she wore
Her brightest bloom among the winter hues
Of all the world; and I was happy too,
Seeing the blossoms and the maiden who
Had seen them with me Februarys before,
Bending to them as in and out she trod
And laughed, with locks sweeping the mossy sod.

애기똥풀

그녀[1] 생각에 난 처음엔 슬펐었다,
애기똥풀들 위에 해가 갑절이 되어
놓여 있는 걸 보고, 또 그녀가 하나의 불길처럼,
내가 전에 돌보던 존재가 아니라 살아 있는 한 존재처럼,
내가 거의 사랑하게 된 그림자처럼,
한번 잃고 나서는 결코 다시 볼 엄두도 못 냈었던
빛나는 눈을 지닌 사람이 아니라 환영(幻影)처럼 서 있을
　　　때까지는.

그녀는 늘 일행 중 누구보다 먼저 2월의 애기똥풀을
찾아냈다. 그녀의 성품과 이름은
그 꽃 같았고, 이제 그녀는
영원 같은 잠깐 동안 재빨리 돌아왔다,
온 세상의 겨울 색조들 사이에서 저의 가장 눈부신 꽃을
걸치고 있을 때처럼 아름답고 행복한 모습으로
그냥 곧바로. 나 또한 그 꽃송이들과
전에 2월이면 나와 함께 그 꽃송이들을 보면서
긴 머리칼로 이끼 낀 흙을 쓸며 꽃들 사이를
　　　들락거리다가
웃으며 꽃들 쪽으로 허리를 굽히던
그녀를 바라보면서 행복했다.

But this was a dream: the flowers were not true,
Until I stooped to pluck from the grass there
One of five petals and I smelt the juice
Which made me sigh, remembering she was no more,
Gone like a never perfectly recalled air.

하지만 이건 꿈이었다. 그 꽃들은 진짜가 아니었다,
내가 몸을 굽히고 거기 있는 풀밭에서
다섯 개 꽃잎 중 하나를 따서 그 즙 냄새를 맡고는
한숨 쉬며, 그녀가 더 이상 없다는 사실을,
결코 온전히 기억해낼 수 없는 선율처럼 사라졌음을
　　떠올렸을 때까지는.

1. 에드워드 토머스는 아내 헬렌이 결혼하기 전 가정교사로 가르쳤던
   호프 웹(Hope Webb)을 1908년 1, 2월 중에 자주 만나 함께 산책했다.
   1916년 3월경에 쓰인 이 시는 그녀에 대한 토머스의 예전 감정들에
   기대고 있다.

It rains

It rains, and nothing stirs within the fence
Anywhere through the orchard's untrodden, dense
Forest of parsley. The great diamonds
Of rain on the grassblades there is none to break,
Or the fallen petals further down to shake.

And I am nearly as happy as possible
To search the wilderness in vain though well,
To think of two walking, kissing there,
Drenched, yet forgetting the kisses of the rain:
Sad, too, to think that never, never again,

Unless alone, so happy shall I walk
In the rain. When I turn away, on its fine stalk
Twilight has fined to naught, the parsley flower
Figures, suspended still and ghostly white,
The past hovering as it revisits the light.

비가 내리고

비가 내리고, 울타리 안쪽 과수원의
아무도 밟은 적 없는 울창한 파슬리 수풀 어디에서도
미동이 없다. 풀잎에 매달린 빗방울의
거대한 다이아몬드들을 부술 이도, 저 아래
떨어진 꽃잎들을 털어낼 이도 없다.

난 헛되이, 그렇지만 그런대로
황야를 탐사할 수 있어서, 걷다가 흠뻑 젖은 채
거기서 키스하는, 비의 키스 세례는 까맣게 잊은
두 사람을 떠올릴 수 있어서 더 바랄 게 없을 정도로
        행복하다.
또 결코, 결코 다시는, 혼자가 아니고서는, 내가 빗속에서

그토록 행복해하며 걸을 수 없으리란 걸 떠올리면
슬프기도 하다. 몸을 돌리자, 그 가느다란 꽃대궁 위에
        얹힌
황혼 빛은 점점 가늘어지다 사라졌고, 파슬리 꽃은
유령처럼 하얗게 조용히 허공에 매달린 채
다시 빛을 찾아 서성거리는 과거의 모습을 보여준다.

Some eyes condemn

Some eyes condemn the earth they gaze upon:
Some wait patiently till they know far more
Than earth can tell them: some laugh at the whole
As folly of another's making: one
I knew that laughed because he saw, from core
To rind, not one thing worth the laugh his soul
Had ready at waking: some eyes have begun
With laughing; some stand startled at the door.

Others, too, I have seen rest, question, roll,
Dance, shoot. And many I have loved watching. Some
I could not take my eyes from till they turned
And loving died. I had not found my goal.
But thinking of your eyes, dear, I become
Dumb: for they flamed, and it was me they burned.

어떤 눈들은 비난한다

어떤 눈들은 저희가 응시하는 대지를 비난한다.
어떤 눈들은 대지가 말해줄 수 있는 것보다
훨씬 많은 것을 알 때까지 참을성 있게 기다린다.
    어떤 눈들은
모든 걸 다른 눈들이 만들어낸 어리석은 것으로 비웃는다.
    어떤 눈을
난 알았었는데, 그는 제 영혼이 깨어날 때 터트릴 준비가
    되어 있던
웃음을 받을 만한 가치가 있는 단 하나의 것도, 속심부터
    껍질까지,
보지 못해 웃음을 터트렸다. 어떤 눈들은 웃으며
시작했고, 어떤 눈들은 깜짝 놀라 문간에 서 있다.

다른 눈들이 쉬고 질문하고 뒤룩거리고 춤추고 쏘는 것도
난 보아왔다. 또 많은 눈을 지켜보는 걸 난 좋아했다.
    어떤 눈들이
돌아서서 사랑하며 죽어갈 때까지 난 그들로부터
내 눈을 뗄 수 없었다. 난 목표물을 찾아내진 못했었다.
하지만, 그리운 이여, 그대의 두 눈을 생각하며 난 말문이
막힌다. 그대의 두 눈은 활활 타올라 다름 아닌 나를
    태워버렸기에.

Early one morning[1]

Early one morning in May I set out,
And nobody I knew was about.
    I'm bound away for ever,
      Away somewhere, away for ever.

There was no wind to trouble the weathercocks.
I had burnt my letters and darned my socks.

No one knew I was going away,
I thought myself I should come back some day.

I heard the brook through the town gardens run.
O sweet was the mud turned to dust by the sun.

A gate banged in a fence and banged in my head.
"A fine morning, sir," a shepherd said.

I could not return from my liberty,
To my youth and my love and my misery.

1. 기존 판본들에는 "Song [3]"로 나와 있다.

어느 이른 아침에

5월의 어느 이른 아침에 나는 출발했고,
아는 이 하나 주변에 없었다.
　　나는 영원히 먼 곳으로 향하네,
　　어딘가 먼 곳으로, 영원히 먼 곳으로.

닭 모양 풍향계를 괴롭힐 바람은 전혀 없었다.
나는 이미 편지를 태우고 양말을 기워둔 상태였다.

누구도 내가 다른 곳으로 떠난다는 걸 알지 못했고,
나 자신도 언젠가 돌아올 거라고 생각했다.

나는 개울이 읍내 공원을 흘러 지나가는 소리를 들었다.
오, 해가 먼지로 바꿔놓은 진흙은 향긋했다.

문 하나가 울타리에서 꽝 닫혔고 내 머릿속에서도 꽝
　　닫혔다.
"멋진 아침이에요." 양치기가 말했다.

나는 내 자유를 버리고 내 청춘과 내 사랑과
내 불행으로 되돌아갈 수는 없었다.

The past is the only dead thing that smells sweet,
The only sweet thing that is not also fleet.
    I'm bound away for ever,
      Away somewhere, away for ever.

과거는 죽어 향긋한 냄새를 풍기는 유일한 것,
덧없지도 않고 향긋한 유일한 것.
　　나는 영원히 먼 곳으로 향하네,
　　어딘가 먼 곳으로, 영원히 먼 곳으로.

When first

When first I came here I had hope,
Hope for I knew not what. Fast beat
My heart at sight of the tall slope
Or grass and yews, as if my feet

Only by scaling its steps of chalk
Would see something no other hill
Ever disclosed. And now I walk
Down it the last time. Never will

My heart beat so again at sight
Of any hill although as fair
And loftier. For infinite
The change, late unperceived, this year,

The twelfth, suddenly, shows me plain.
Hope now, — not health, nor cheerfulness,
Since they can come and go again,
As often one brief hour witnesses, —

처음 내가 여기 왔을 때에는

처음 내가 여기 왔을 때에는 희망을,
뭔지 모를 희망을 품었다. 풀과 주목들이 자라는
높은 비탈을 보자, 마치 내 두 발이
백악질 계단을 오르는 것만으로도

다른 언덕이 결코 드러낸 적 없는
어떤 전망을 열어줄 것처럼 내 심장의 고동은
빨라졌다. 이제 나는 마지막으로
언덕을 걸어 내려간다. 내 심장은

그만큼 아름답고 더 우뚝한 언덕을 보더라도
결코 다시는 그렇게
고동치지 않으리라. 최근에 알아차리지 못한
무한한 변화가 올해,

12년째에[1] 갑자기 내게 또렷하게 보여주는 걸 보니.
이제 희망은―건강도 쾌활함도 아닌데,
그런 것들은, 종종 짧은 한 시간이 입증하듯,
왔다가도 다시 가버릴 수 있으니까―

Just hope has gone for ever. Perhaps
I may love other hills yet more
Than this: the future and the maps
Hide something I was waiting for.

One thing I know, that love with chance
And use and time and necessity
Will grow, and louder the heart's dance
At parting than at meeting be.

정말 희망은 영원히 사라져버렸다. 어쩌면
나는 다른 언덕들을 이 언덕보다 한층 더
사랑할지도 모른다. 미래와 지도들은
내가 기다리던 어떤 것을 숨기고 있다.

내가 아는 거라곤, 사랑은 우연과
습관과 시간과 필연과 함께
자랄 거고, 심장의 고동은 만날 때보다
헤어질 때 더 요란할 거라는 사실뿐.

1. 이 시는 1916년 7~10월에 쓰인 것으로 추정된다. 토머스 일가는
   1906년 11월에 그들이 스티프 지역에서 빌렸던 세 집 중 첫 번째
   시골집으로 이사했지만, 사실은 1905년 이래 그곳에서 살 집을
   찾던 중이었다.

The Other

The forest ended. Glad I was
To feel the light, and hear the hum
Of bees, and smell the drying grass
And the sweet mint, because I had come
To an end of forest, and because
Here was both road and inn, the sum
Of what's not forest. But 'twas here
They asked me if I did not pass
Yesterday this way? "Not you? Queer."
"Who then? and slept here?" I felt fear.

I learnt his road and, ere they were
Sure I was I, left the dark wood
Behind, kestrel and woodpecker,
The inn in the sun, the happy mood
When first I tasted sunlight there.
I travelled fast, in hopes I should
Outrun that other. What to do
When caught, I planned not. I pursued
To prove the likeness, and, if true,
To watch until myself I knew.

분신(分身)

숲은 끝났다. 빛을 느끼고
벌들의 윙윙거림을 듣고 말라가는 풀과
향긋한 박하의 냄새를 맡게 되어
기뻤는데, 내가 숲의 한끝에
다다랐고 또 숲이 아닌 것의 전부인
길과 여관이 다
여기 있기 때문이었다. 하지만 바로 이곳에서
그들은 내게 어제 이 길을 지나가지 않았는지
물었다. "손님이 아니라구요? 별일이네."
"그럼 누구였지? 여기 묵었던 사람이?" 난 두려워졌다.

나는 그가 택한 길을 알아냈고, 내가 다름 아닌 나라는
        사실을
그들이 미처 확신하기도 전에 어둑한 숲과
황조롱이와 딱따구리와
햇볕 속 여관과 내가 처음 그곳에서
햇살을 맛보던 때의 행복한 기분을 뒤로했다.
나는 걸음을 빨리했는데, 그 다른 나를
앞질러볼까 해서였다. 발각될 경우
어떻게 할지는 생각해보지 않았다. 내가 쫓아간 건
나와 닮았는지 확인하고, 만일 사실이라면,
자세히 관찰하면서 직접 정체를 밝히기 위해서였다.

I tried the inns that evening
Of a long gabled high-street grey,
Of courts and outskirts, travelling
An eager but a weary way,
In vain. He was not there. Nothing
Told me that ever till that day
Had one like me entered those doors,
Save once. That time I dared: "You may
Recall" — but never-foamless shores
Make better friends than those dull boors.

Many and many a day like this
Aimed at the unseen moving goal
And nothing found but remedies
For all desire. These made not whole;
They sowed a new desire, to kiss
Desire's self beyond control,
Desire of desire. And yet
Life stayed on within my soul.
One night in sheltering from the wet
I quite forgot I could forget.

그날 저녁 나는 열심히 고단한 여행을 계속하면서
긴 박공이 있는 번화가의 회색 여관,
안뜰이 있는 여관, 변두리 여관 등
여러 여관에 다 들어가 물어보았지만
허사였다. 그는 거기 없었다. 그날까지,
딱 한 번을 빼고는, 나를 닮은 누군가가
여관 문을 들어선 적이 있었음을 알려주는 건
전혀 없었다. 그때 나는 한껏 용기를 냈다. "기억날 수도
있잖아요."—하지만 부서지는 파도의 포말이 날리는
　　해변들도
그 우둔한 시골뜨기들보다는 나은 친구인 법.

숱한 날들 동안 이런 식으로
눈에 띄지 않게 계속 이동하는 목표물을 겨냥했지만,
그 모든 갈망에 대한 교정책이 아닌 어떤 것도
찾지 못했다. 이게 다가 아니었다.
이 갈망들은 통제할 수 없는 갈망 그 자체,
갈망에 대한 갈망에 입 맞추고 싶어 하는
새 갈망의 씨앗을 뿌렸다. 그런데도
삶은 내 영혼 안에 계속 남아 있었다.
비에 젖는 걸 피할 수 있었던 어떤 밤에
난 잊을 수 있다는 사실도 까맣게 잊었다.

A customer, then the landlady
Stared at me. With a kind of smile
They hesitated awkwardly:
Their silence gave me time for guile.
Had anyone called there like me,
I asked. It was quite plain the wile
Succeeded. For they poured out all.
And that was naught. Less than a mile
Beyond the inn, I could recall
He was like me in general.

He had pleased them, but I less.
I was more eager than before
To find him out and to confess,
To bore him and to let him bore.
I could not wait: children might guess
I had a purpose, something more
That made an answer indiscreet.
One girl's caution made me sore,
Too indignant even to greet
That other had we chanced to meet.

투숙객 한 명이, 다음엔 여관 안주인이
나를 빤히 쳐다보았다. 미소 비슷한 걸 띠고서
그들은 멋쩍게 망설였다.
그들의 침묵이 내가 꾀를 낼 시간을 벌어주었다.
나와 닮은 누군가가 거기 오지 않았는지
나는 물었다. 내 잔꾀가 통했다는 건
아주 분명했다. 그들이 모든 정보를 쏟아놓는 걸 보니.
그런데 그건 아무짝에도 쓸모없었다. 그 여관을 떠나
1마일도 채 되지 않는 곳에서 내가 떠올릴 수 있었던 건
그가 대체로 나를 닮았다는 것뿐이었다.

그는 그들 맘에 들었지만, 나는 그만큼은 아니었다.
나는 그를 찾아내 자백을 듣고,
그를 넌더리 나게 하고 또 그가 넌더리를 내게 하려고
이전보다 열심이었다.
나는 기다릴 수 없었다. 아이들은 내게 어떤 목적이,
더한 무언가가 있어서 경솔한 대답을 하지 않는 거라고
추측했을지도 모른다.
어떤 소녀의 경계심 때문에 나는 언짢아졌는데,
내가 너무 화가 나 있어서 우리가 혹시 만나더라도
그 다른 나에게 의례적인 인사조차 하지 않을 판이었다.

I sought then in solitude.
The wind had fallen with the night; as still
The roads lay as the ploughland rude,
Dark and naked, on the hill.
Had there been ever any feud
'Twixt earth and sky, a mighty will
Closed it: the crocketed dark trees,
A dark house, dark impossible
Cloud-towers, one star, one lamp, one peace
Held on an everlasting lease:

And all was earth's, or all was sky's;
No difference endured between
The two. A dog barked on a hidden rise;
A marshbird whistled high unseen;
The latest waking blackbird's cries
Perished upon the silence keen.
The last light filled a narrow firth
Among the clouds. I stood serene,
And with a solemn quiet mirth,
An old inhabitant of earth.

나는 이번에는 혼자 찾아 나섰다.
밤이 되자 바람은 잦아들었다. 길들은
거친 경작지만큼 가만히, 어둠 속에서 적나라하게
언덕 위에 펼쳐져 있었다.
하늘과 땅 사이에 어떤 불화가
있었더라도, 어떤 강력한 의지가
그것을 끝냈다. 당초(唐草) 무늬가 있는 어둑한 나무들,
어둑한 집 한 채, 괴상망측하고 어둑한
구름탑들, 별 하나, 램프 하나, 하나의 평화가
영구 임차권을 보유하고 있었다.

모든 게 땅의 것, 아니면 모든 게 하늘의 것이었다.
그 둘 사이에 어떤 차이도 남아 있지
않았다. 숨겨진 오르막길에서 개가 짖었다.
습지새 한 마리가 보이지 않는 곳에서 높은 휘파람
       소리를 냈다.
가장 늦게 일어난 검은지빠귀의 울음소리가
날카로운 정적을 타고 사라졌다.
최후의 빛은 구름 사이의 좁은 만을
가득 채웠다. 나는 엄숙하고 조용한 기쁨 속에서
대지의 오래된 주민으로
평온하게 서 있었다.

Once the name I gave to hours
Like this was melancholy, when
It was not happiness and powers
Coming like exiles home again,
And weaknesses quitting their bowers,
Smiled and enjoyed, far off from men,
Moments of everlastingness.
And fortunate my search was then
While what I sought, nevertheless,
That I was seeking, I did not guess.

That time was brief: once more at inn
And upon road I sought my man
Till once amid a tap-room's din
Loudly he asked for me, began
To speak, as if it had been a sin,
Of how I thought and dreamed and ran
After him thus, day after day:
He lived as one under a ban
For this: what had I got to say?
I said nothing. I slipped away.

행복과 힘이 망명자처럼
다시 귀향한 것도 아니고
또 나약함이 그 정자를 떠난 것도 아닌
이런 시간들에 나는 언젠가
'우울'이란 이름을 붙여주었고,
사람들에게서 멀리 떨어져 미소 지으며
영원의 순간들을 즐겼다.
내가 찾아 나섰던 것을
여전히 찾는 중이라는 걸 짐작하진 못했으면서도
그래도 그때 나의 탐색은 운이 좋았다.

그 시간은 짧았다. 한 번 더 여관과
길 위에서 나는 예의 그 남자를 찾아 나섰는데,
마침내 한번은 술집의 소음 속에서
큰 소리로 그는 나를 불러 따져 묻기
시작했다. 내가 무슨 생각이나 꿈에 사로잡혀
날마다 이렇게 자기 뒤를 밟아왔는지,
마치 그게 죄가 된다는 듯.
자기는 이 때문에 저주받은 사람으로
살았다는 것이었다. 내가 무슨 말을 해야 했을까?
나는 아무 말도 하지 못했다. 슬금슬금 내빼는 수밖에
　　　없었다.

And now I dare not follow after
Too close. I try to keep in sight,
Dreading his frown and worse his laughter.
I steal out of the wood to light;
I see the swift shoot from the rafter
By the inn door: ere I alight
I wait and hear the starlings wheeze
And nibble like ducks: I wait his flight.
He goes: I follow: no release
Until he ceases. Then I also shall cease.

이제 나는 그를 너무 바짝 뒤따를 엄두는 내지 못하겠다.
그가 눈살을 찌푸리는 걸, 그가 웃음을 터뜨리는 건 더욱
　　　두려워하며
시야에서 그의 모습을 놓치지 않으려 애쓸 뿐.
나는 살짝 숲을 빠져나와 불빛 속으로 들어선다.
칼새가 여관 문 옆의 서까래에서 휙 날아가는
모습이 보인다. 자전거에서 내리기 전에
나는 기다리면서 찌르레기들이 오리들처럼 주둥이를
　　　움직이며
색색거리는 소리를 듣는다. 나는 그가 길을 나서기를
　　　기다린다.
그가 간다. 나는 뒤따른다. 그가 여행을 그만둘 때까지
해방은 없으리라. 그때가 되어서야 내 여행도 끝나리라.

IV 그는 이 대문, 이 꽃들,
    이 수렁만큼이나 영국적이에요

The Gypsy

A fortnight before Christmas Gypsies were everywhere:
Vans were drawn up on wastes, women trailed to the fair.
"My gentleman," said one, "You've got a lucky face."
"And you've a luckier," I thought, "if such a grace
And impudence in rags are lucky." "Give a penny
For the poor baby's sake." "Indeed I have not any
Unless you can give change for a sovereign, my dear."
"Then just half a pipeful of tobacco can you spare?"
I gave it. With that much victory she laughed content.
I should have given more, but off and away she went
With her baby and her pink sham flowers to rejoin
The rest before I could translate to its proper coin
Gratitude for her grace. And I paid nothing then,
As I pay nothing now with the dipping of my pen
For her brother's music when he drummed the tambourine
And stamped his feet, which made the workmen passing
        grin,
While his mouth-organ changed to a rascally Bacchanal
        dance
"Over the hills and far away." This and his glance

집시

크리스마스 2주 전, 집시들이 어디서건 눈에 띄었다.
포장을 씌운 마차들이 황야에 멈춰 섰고, 여자들은
　　　장터까지 줄지어 걸었다.
"신사 양반, 복 받을 얼굴이세요"라고 한 여자가 말했다.
'그런데 당신은 더 복 받을 얼굴인데'라고 나는 생각했다.
　　　'누더기 속
그런 우아함과 뻔뻔함이 복이라면.' "가엾은 아기를 위해
1페니만 적선하세요." "사실 잔돈이 없네요.
당신이 1파운드 금화의 잔돈을 거슬러 줄 수 있는 게
　　　아니라면 말이에요, 어쩌나."
"그럼 파이프 담배 반만 나눠 주시겠어요?"
그건 건네주었다. 그만한 승리로도 그녀는 흡족해하며
　　　웃었다.
더 주었어야 했지만, 그녀의 우아함에 대한 감사의 뜻으로
그에 걸맞은 잔돈을 실제로 건네주기도 전에 그녀는
일행과 합류하려고 아기와 분홍색 조화(造花)들과 함께
저 멀리 가버렸다. 그때 난 한 푼도 값을 치르지 않았다,
지금 내가 잉크에 펜을 적시면서 그녀 남동생의 음악에
한 푼도 값을 치르지 않고 있듯. 그는 탬버린을 두들기며
발을 굴러, 지나가는 노동자들을 씩 웃게 했는데,
그새 그의 하모니카는 천박한 술꾼들의 떠들썩한 춤곡인
〈언덕들 너머 저 멀리〉[1]로 바뀌어 있었다. 이 곡과 그의
　　　눈길은

Outlasted all the fair, farmer, and auctioneer,
Cheap-jack, balloon-man, drover with crooked stick, and
    steer,
Pig, turkey, goose, and duck, Christmas corpses to be.
Not even the kneeling ox had eyes like the Romany.
That night he peopled for me the hollow wooded land,
More dark and wild than stormiest heavens, that I searched
    and scanned
Like a ghost new-arrived. The gradations of the dark
Were like an underworld of death, but for the spark
In the Gypsy boy's black eyes as he played and stamped his
    tune,
"Over the hills and far away," and a crescent moon.

장 전체보다, 농부와 경매인, 행상인, 풍선 장수,

굽은 막대를 든 가축상, 수송아지, 돼지, 칠면조, 거위,
오리,

크리스마스에는 시체가 될 짐승들보다 오래 기억에
남았다.

무릎을 꿇은 소조차 그 집시 같은 눈은 갖고 있지
않았다.[2]

그날 밤 그는 나를 위해 내가 막 등장한 유령처럼 자세히
또 유심히 살폈던,

아주 사납게 폭풍우 몰아치는 하늘보다 어둡고
소란스러운

초목 우거진 우묵한 땅을 사람들로 바글거리게 했다.
차츰 짙어지는 어둠은

땅속의 저승 같았으리라, 그 집시 소년이

〈언덕들 너머 저 멀리〉라는 곡을 연주하며 곡조에 맞춰
발을 구를 때

그의 새까만 눈동자에서 빛나던 섬광과 초승달[3]이
없었더라면.

---

1. 17세기 후반까지 거슬러 올라가는 전통적인 영국 가요.
2. 예수그리스도가 탄생할 때 마구간에서 소가 무릎을 꿇었다는 전설에
   근거해 크리스마스이브에 소들이 무릎을 꿇는다는 속신이 생겨났다.
   토머스 하디는 단시 「소들(The Oxen)」에서 그런 상황을 그린다.
3. 초승달은 종종 풍요성, 생명, 재생의 상징으로 여겨진다.

May 23

There never was a finer day,
And never will be while May is May, —
The third, and not the last of its kind;
But though fair and clear the two behind
Seemed pursued by tempests overpast;
And the morrow with fear that it could not last
Was spoiled. Today ere the stones were warm
Five minutes of thunderstorm
Dashed it with rain, as if to secure,
By one tear, its beauty the luck to endure.

At mid-day then along the lane
Old Jack Noman appeared again,
Jaunty and old, crooked and tall,
And stopped and grinned at me over the wall,
With a cowslip bunch in his button-hole
And one in his cap. Who could say if his roll
Came from flints in the road, the weather, or ale?
He was welcome as the nightingale.

5월 23일

이보다 맑은 날은 결코 없었고,
5월이 5월인 동안에는 앞으로도 그러리라—
사흘째 맑은 날로, 그런 유의 마지막 날은 아니었다.
하지만 맑게 갠 날이긴 했어도 그 전 이틀 동안은
이미 지나간 태풍의 여파로 시달린 듯했다.
그리고 오늘 아침은 이런 날씨가 이어지지 않을지도
　　　모른다는
두려움으로 망쳐졌다. 오늘 돌들이 따뜻해지기 전에
5분간의 뇌우는
마치 한 방울 눈물로 아침의 아름다움에게
견딜 수 있는 행운을 확보해주듯 비로 아침을 두들겨댔다.

그러곤 한낮에 좁은 길을 따라
늙어 구부정하지만 큰 키에 쾌활한 모습으로
잭 노먼이 다시 나타나서는,
노란구륜앵초 한 다발은 단춧구멍에
또 한 다발은 운동모자에 꽂은 채 발을 멈추더니 담장
　　　너머로
나를 보고 씩 웃었다. 그가 몸을 뒤뚱거린 게
길에 깔린 단단한 돌들이나 날씨나 에일 맥주 탓이라고
　　　누가 말할 수 있을까?
그는 나이팅게일처럼 반가운 손님이었다.

Not an hour of the sun had been wasted on Jack
"I've got my Indian complexion back"
Said he. He was tanned like a harvester,
Like his short clay pipe, like the leaf and bur
That clung to his coat from last night's bed,
Like the ploughland crumbling red.
Fairer flowers were none on the earth
Than his cowslips wet with the dew of their birth,
Or fresher leaves than the cress in his basket.
"Where did they come from, Jack?" "Don't ask it,
And you'll be told no lies." "Very well:
Then I can't buy." "I don't want to sell.
Take them and these flowers, too, free.
Perhaps you have something to give me?
Wait till next time. The better the day …
The Lord couldn't make a better, I say;
If he could, he never has done."
So off went Jack with his roll-walk-run,
Leaving his cresses from Oakshott rill
And his cowslips from Wheatham hill.

햇볕이 내리쬐는 단 한 시간도 잭은 허비하지 않았었다.
"내 얼굴빛, 다시 인도 사람 같아졌죠"라고
그가 말했다. 수확기 일꾼처럼,
입에 문 짧은 도기 파이프처럼, 간밤의 잠자리에서 따라
　　　나온
웃옷에 붙어 있던 잎과 꺼끌꺼끌한 씨앗처럼,
붉은색으로 부서지는 농경지처럼 볕에 탄 모습이었다.
막 피어날 때의 이슬로 촉촉한 그의 노란구륜앵초보다
아름다운 꽃이나, 그의 바구니에 든 물냉이보다
신선한 잎은 지상에 결코 없었다.
"어디서 난 거예요, 잭?" "묻지 말아요,
난 거짓말은 절대 못 하니까요." "잘 알죠.
그럼 내가 살 수는 없겠네요." "팔 생각은 없어요.
물냉이랑 이 꽃들도 그냥 다 받으세요.
혹시 내게 주실 게 좀 있나요?
다음번까지 기다리죠. 더 낫겠어요, 그날이⋯⋯
주님이 이보다 나은 날을 만드실 순 없다는 거죠, 내
　　　말은.
그러실 수 있었더라도 결코 그렇게 하시지 않았죠."
그렇게 잭은 뒤뚱거리며 걸음을 빨리해 떠났다,
오크쇼트 개울에서 캐 온 물냉이와
위텀 언덕[1]에서 꺾어 온 노란구륜앵초를 남기고.

'Twas the first day that the midges bit;
But though they bit me, I was glad of it:
Of the dust in my face, too, I was glad.
Spring could do nothing to make me sad.
Bluebells hid all the ruts in the copse,
The elm seeds lay in the road like hops,
That fine day, May the twenty-third,
The day Jack Noman disappeared.

이날은 각다귀들에게 물린 첫날이었다.
하지만 물렸어도 난 기뻤다.
얼굴에 흙먼지가 묻었어도 난 기뻤다.
봄은 나를 슬프게 할 그 어떤 일도 할 수 없었다.
블루벨[2]은 잡목림의 온갖 수레바퀴 자국을 감춰주었고,
느릅나무 씨앗들은 홉처럼 길에 흩어져 있었다,
그 맑은 날, 5월 23일,
잭 노먼이 사라진 그날.

1. 물냉이가 풍성하게 자라는 백악질 개울인 오크쇼트 개울과 해발
   249미터의 언덕인 위텀 언덕은 당시 에드워드 토머스가 거주했던
   햄프셔주 스티프 북부에 자리해 있다.
2. 청색이나 흰색의 작은 종 모양 꽃이 핀다.

Women he liked[1]

Women he liked, did shovel-bearded Bob,
Old Farmer Hayward of the Heath, but he
Loved horses. He himself was like a cob,
And leather-coloured. Also he loved a tree.

For the life in them he loved most living things,
But a tree chiefly. All along the lane
He planted elms where now the stormcock sings
That travellers hear from the slow-climbing train.

Till then the track had never had a name
For all its thicket and the nightingales
That should have earned it. No one was to blame.
To name a thing beloved man sometimes fails.

1. 기존 판본들에는 "Bob's Lane"으로 나와 있다.

여자를 그는 좋아했다

여자를 그는 좋아했다, 삽 모양 턱수염을 기른 밤,
히스 우거진 황야의 늙은 농부 헤이워드는. 하지만 그는
말도 사랑했다. 그 자신이 콥종(種)의 말[1] 같았고,
피부도 말가죽 색이었다. 또 그는 한 나무를 사랑했다.

그 안에 깃든 생명 때문에 그는 대부분의 생명체를
　　사랑했지만,
유독 한 나무를 사랑했다. 오솔길을 따라
그는 느릅나무를 심었고, 거기선 이제 겨우살이지빠귀[2]의
　　노래가
천천히 비탈길을 오르는 열차에 탄 여행객들에게 들리곤
　　한다.

그때껏 그 길은 덤불과
나이팅게일들에도 불구하고 마땅히 얻었어야 할
이름 하나 없었다. 누구 탓도 아니었다.
사랑스러운 무언가에 때로 이름을 못 지어주기도 하는
　　법이니까.

Many years since, Bob Hayward died, and now
None passes there because the mist and the rain
Out of the elms have turned the lane to slough
And gloom, the name alone survives, Bob's Lane.

세월이 많이 흘러 밥 헤이워드는 죽었고, 지금은
느릅나무에서 떨어지는 빗방울과 엷은 안개로
오솔길이 어둑한 수렁으로 변한 탓에 지나다니는 사람도
     없이
이름만, '밥의 오솔길'이란 이름만 남아 있다.

1. 다리가 짧고 땅딸막한 말.
2. 겨우살이지빠귀의 노래는 악천후를 예고하는 것으로 알려져 있다.

Lob

At hawthorn-time in Wiltshire travelling
In search of something chance would never bring,
An old man's face, by life and weather cut
And coloured, — rough, brown, sweet as any nut, —
A land face, sea-blue-eyed, — hung in my mind
When I had left him many a mile behind.
All he said was: "Nobody can't stop 'ee. It's
A footpath, right enough. You see those bits
Of mounds — that's where they opened up the barrows
Sixty years since, while I was scaring sparrows.
They thought as there was something to find there,
But couldn't find it, by digging, anywhere."

To turn back then and seek him, where was the use?
There were three Manningfords, — Abbots, Bohun, and
        Bruce:
And whether Alton, not Manningford, it was,
My memory could not decide, because
There was both Alton Barnes and Alton Priors.
All had their churches, graveyards, farms, and byres,
Lurking to one side up the paths and lanes,

롭

산사나무 꽃이 필 무렵 결코 우연히는 만날 수 없을
무언가를 찾아 윌트셔주[1]를 여행하면서,
삶과 날씨에 깎이고 채색된 — 여느 견과(堅果)처럼
울퉁불퉁하고 갈색이고 향긋한 — 어떤 노인의 얼굴이,
바다처럼 푸른 눈을 지닌 대지 같은 얼굴이,
수 마일 뒤에 그를 남겨두고 떠나왔는데도 맘속에 남았다.
그가 한 말이라야 이게 다였다. "누구도 당신을 가로막진
        못할 거예요. 저긴
사람들이 걸어 다니는 길이에요, 분명코. 저쪽에 쌓인
흙더미들이 보이죠 — 거기가 60년 전 사람들이 고분을
        열어젖힌 곳인데,
내가 참새를 접주어 쫓아내곤 했던 무렵[2]이에요.
다들 거기서 뭔가 찾아낼 수 있을 거라고 생각했지만
온 사방을 파헤쳐도 찾질 못했죠."

그러곤 되돌아와 그를 찾아 나서는 게 무슨 소용이
        있었을까?
매닝퍼드란 지명도 셋이나 되었다 — 애버츠, 보훈, 브루스.[3]
또 매닝퍼드가 아니라 올턴이었는지 아닌지도
내 기억으로는 결정할 수 없었던 게,
올턴 반스뿐만 아니라 올턴 프라이어스[4]도 있어서였다.
어느 곳이건 다 교회와 묘지와 농장과 외양간이
오솔길과 샛길을 올라간 곳 한쪽에 숨어 있어서

Seldom well seen except by aeroplanes;
And when bells rang, or pigs squealed, or cocks crowed,
Then only heard. Ages ago the road
Approached. The people stood and looked and turned,
Nor asked it to come nearer, nor yet learned
To move out there and dwell in all men's dust.
And yet withal they shot the weathercock, just
Because 'twas he crowed out of tune, they said:
So now the copper weathercock is dead.
If they had reaped their dandelions and sold
Them fairly, they could have afforded gold.

Many years passed, and I went back again
Among those villages, and looked for men
Who might have known my ancient. He himself
Had long been dead or laid upon the shelf,
I thought. One man I asked about him roared
At my description: "'Tis old Bottlesford
He means, Bill." But another said: "Of course,

비행기를 타고 살피지 않는 한 여간해서는 잘 보이지
　　않았고,
종이 울리거나 돼지가 꽥 소리를 지르거나 수탉이 꼬끼오
　　할 때에만
소리가 들릴 뿐이었다. 그 옛날에 도로가
다가왔다. 사람들은 서서 바라보다 몸을 돌렸고,
도로가 더 바짝 다가오도록 요청하지도 않았고, 그렇다고
　　그쪽으로 이주해
온통 사람들로 바글거리는 먼지 구덩이 속에 거주하는
　　법을 배우지도 않았다.
하지만 그런데도 그들은 수탉 모양의 풍향계를
　　쏘아버렸는데,[5] 이유라야
녀석이 음정도 안 맞게 마구 울어댔기 때문이었다.
그래서 지금 구리로 만든 수탉 모양의 풍향계는 죽어버린
　　것이다.
만일 그들이 민들레를 따서 꽤 괜찮은 값에
팔 수 있었더라면 금풍향계를 만들어 달 수도 있었으리라.

여러 해가 흘렀고, 난 다시 그 마을들로
되돌아가, 그 노인을 알았을 법한
이들을 찾아 나섰다. 노인 자신은
오래전에 죽었거나 시렁에 방치되어 있을 거란
생각이 들었다. 그에 관한 내 질문을 들은 한 사람은
내가 묘사한 내용을 듣고는 소리를 질렀다. "그 사람이
　　말하는 건
보틀스퍼드[6] 영감이야, 빌." 하지만 다른 사람 말은
　　이랬다. "말할 것도 없이,

It was Jack Button up at the White Horse.
He's dead, sir, these three years." This lasted till
A girl proposed Walker of Walker's Hill,
"Old Adam Walker. Adam's Point you'll see
Marked on the maps."

        "That was her roguery,"
The next man said. He was a squire's son
Who loved wild bird and beast, and dog and gun
For killing them. He had loved them from his birth,
One with another, as he loved the earth.
"The man may be like Button, or Walker, or
Like Bottlesford, that you want, but far more
He sounds like one I saw when I was a child.
I could almost swear to him. The man was wild
And wandered. His home was where he was free.
Everybody has met one such man as he.
Does he keep clear old paths that no one uses
But once a life-time when he loves or muses?
He is English as this gate, these flowers, this mire.
And when at eight years old Lob-lie-by-the-fire

그건 저 위쪽 백마(白馬) 형상으로 뗏장을 깎은 곳⁷에
    살았던 잭 버튼이구먼.
그 양반은 죽은 지 3년 되었다오." 이런 얘기들이
    이어지다가
한 처녀가 그 노인은 워커스 힐의 워커라는 의견을
    내놓았다.
"애덤 워커 영감님이에요. '애덤스 포인트'라고 지도에
    표시된 걸
보시게 될 거예요."

                "그건 그 여자가 짓궂게 장난친
                    거예요"라고
다음에 만난 남자가 말했다. 그는 지주의 아들로,
들새와 들짐승을 사랑하면서도 그들을 사냥하는 데 쓰는
개와 총도 사랑한다고 했다.⁸ 태어날 때부터
대지를 사랑한 만큼 그 둘 다를 사랑했다는 것이다.
"그 사람이 댁이 찾는 버튼이나 워커나
보틀스퍼드 같아 보이긴 하지만, 그보다는 훨씬 더
내가 소싯적에 보았던 이 같군요.
그에 대해선 장담할 수 있어요. 드센 사람으로
떠돌아다녔죠. 자유로워질 수 있는 곳은 어디건 다 그의
    집이었어요.
누구라도 한 번은 그런 남자를 만났을 거예요.⁹
평생 딱 한 번 사랑에 빠지거나 골똘히 생각에 잠길 때를
    빼고는
누구도 다니지 않는 옛 오솔길을 멀리하는 사람이죠?
그는 이 대문, 이 꽃들, 이 수렁만큼이나 영국적이에요.
여덟 살 무렵 '난롯가에 누운 롭'이

Came in my books, this was the man I saw.
He has been in England as long as dove and daw,
Calling the wild cherry tree the merry tree,
The rose campion Bridget-in-her-bravery;
And in a tender mood he, as I guess,
Christened one flower Love-in-idleness,
And while he walked from Exeter to Leeds
One April called all cuckoo-flowers Milkmaids.
From him old herbal Gerard learnt, as a boy,
To name wild clematis the Traveller's-joy.
Our blackbirds sang no English till his ear
Told him they called his Jan Toy 'Pretty dear.'
(She was Jan Toy the Lucky, who, having lost
A shilling, and found a penny loaf, rejoiced.)
For reasons of his own to him the wren
Is Jenny Pooter. Before all other men
'Twas he first called the Hog's Back the Hog's Back.
That Mother Dunch's Buttocks should not lack
Their name was his care. He too could explain

읽던 책들 속에 등장했을 때, 내가 이 남자를 처음 본
　　거죠.
그는 비둘기나 갈까마귀만큼 오랫동안 잉글랜드에
　　있었고,
야생 벚나무를 '명랑한 나무'로,
선옹초[10]를 '화사한 브리짓'으로 불렀어요.
또 기분이 좋을 때면, 내 추측이지만,
어떤 꽃에는 '빈둥거리는 사랑'이라는 이름을 붙여주고,
어느 4월엔가는 엑서터에서 리즈까지[11] 걸어가는 동안
황새냉이[12]를 다 '젖 짜는 처녀'라고 불렀죠.
초본(草本) 연구자 제라드 영감[13]도 소싯적에 야생
　　으아리를
'여행자의 기쁨'[14]이라고 이름 짓는 법을 그에게서
　　배웠구요.
검은지빠귀들이 영어로 노래하게 된 것도, 그의 귀가
　　그에게
새들이 그가 사랑하던 잰 토이[15]를 '소중한 예쁜이'라고
　　불렀다고 말해주고 나서였어요.
(그녀는 1실링을 잃고 나서 1페니짜리 빵 덩어리를
　　발견하고는
기뻐했던 '행운아 잰 토이'였죠.)
그만 아는 어떤 이유론가 굴뚝새가 그에겐
'제니 푸터'였죠. 다른 누구보다도 먼저
돼지 등 모양 산등성이를 '혹스 백'[16]이라고 부른 이가
　　바로 그였어요.
'던치 부인의 엉덩이'[17]에 이름이 없어서는 안 된다는 게
그의 지론이었죠. '토터리지'와 '토터다운'과 '저글러스
　　레인'[18]이라는

Totteridge and Totterdown and Juggler's Lane:
He knows, if anyone. Why Tumbling Bay,
Inland in Kent, is called so, he might say.

"But little he says compared with what he does.
If ever a sage troubles him he will buzz
Like a beehive to conclude the tedious fray:
And the sage, who knows all languages, runs away.
Yet Lob has thirteen hundred names for a fool,
And though he never could spare time for school
To unteach what the fox so well expressed,
On biting the cock's head off, — Quietness is best, —
He can talk quite as well as anyone
After his thinking is forgot and done.
He first of all told someone else's wife,
For a farthing she'd skin a flint and spoil a knife
Worth sixpence skinning it. She heard him speak:
'She had a face as long as a wet week'
Said he, telling the tale in after years.
With blue smock and with gold rings in his ears,
Sometimes he is a pedlar, not too poor
To keep his wit. This is tall Tom that bore
The logs in, and with Shakespeare in the hall

지명의 유래를 그는 설명할 수도 있었어요.

그런 걸 아는 사람이 있다면 바로 그였죠. 켄트 지방 내륙의

'텀블링 베이'가 그렇게 불리는 이유를 말해줄 정도였어요.

그런데 그는 행동에 비해 말수는 적었어요.

만일 언제든 어떤 현자(賢者)가 그를 귀찮게 한다면,

그는 벌집처럼 윙윙거려 지루한 소동을 끝낼 거예요.

온갖 언어에 능통하다는 그 현자도 꽁무니를 빼구요.

하지만 롭은 얼간이를 달리 부를 이름을 1300개는 알고 있었고,

비록 수탉의 목을 물어뜯는 것에 대해

여우가 그토록 잘 표현했던 바―침묵이 금이다[19]―를 잊게 만드는

학교에 할애할 시간은 결코 갖지 못했어도,

그는 자신의 사색이 마무리되고 잊힌 후에도

누구 못지않게 정말 입담이 좋았어요.

무엇보다 먼저 누군가의 아내 얘기를 했죠.

4분의 1페니를 아끼려고 부싯돌을 깎으려다가 6펜스나 되는 칼을

못 쓰게 만든 일에 대해서요. 그녀는 그가 말하는 소리를 들었어요.

'그녀는 장마철 일주일만큼이나 긴 얼굴을 했소'[20]라고요.

그는 여러 해가 흐른 뒤 그 얘기를 들려주며 말했죠.

청색 작업복을 걸치고 두 귀에 금귀고리를 단

그는 때로는 행상인이었지만, 재치를 잃을 만큼

그렇게 가난하지는 않았어요. 바로 이 남자가

고드름이 벽에 매달려 있었을 때[21] 통나무를 들여오면서

Once talked, when icicles hung by the wall.
As Herne the Hunter he has known hard times.
On sleepless nights he made up weather rhymes
Which others spoilt. And, Hob being then his name,
He kept the hog that thought the butcher came
To bring his breakfast. 'You thought wrong,' said Hob.
When there were kings in Kent this very Lob,
Whose sheep grew fat and he himself grew merry,
Wedded the king's daughter of Canterbury;
For he alone, unlike squire, lord, and king,
Watched a night by her without slumbering;
He kept both waking. When he was but a lad
He won a rich man's heiress, deaf, dumb, and sad,
By rousing her to laugh at him. He carried
His donkey on his back. So they were married.
And while he was a little cobbler's boy
He tricked the giant coming to destroy
Shrewsbury by flood. 'And how far is it yet?'
The giant asked in passing. 'I forget;
But see these shoes I've worn out on the road
And we're not there yet.' He emptied out his load

복도에서 언젠가 셰익스피어와 애기를 나누던 키 큰
　　　톰이에요.
사냥꾼 헌[22]만큼이나 그도 힘든 시절을 겪었죠.
잠 못 이루는 밤이면 그는 다른 이들이 망쳐놓는 날씨
　　　노래를
짓곤 했어요. 또, 그때는 이름이 '홉'이었던 그는
돼지를 키웠는데, 돼지는 푸줏간 주인이 제 아침 식사를
들고 오는 거라고 생각했죠. '넌 잘못 안 거야'라고 홉이
　　　말했어요.
켄트[23]에서 왕들이 다스리던 때,[24] 바로 이 롭은
양들을 통통하게 키우면서 자신도 쾌활해졌고,
캔터베리의 공주와 결혼했죠.
지주나 영주나 왕과 달리 그 혼자만
한숨도 안 자고 그녀 곁에서 밤을 꼬박 새웠으니까요.
그는 계속 둘 다 잠들지 않게 했어요. 약관의 청년에
　　　불과할 때,
그는 슬픔에 잠겨 있던 귀먹고 벙어리인, 돈 많은 한
　　　남자의 상속녀를 얻었는데,
그녀가 자기를 보고 웃음을 터뜨리게 만드는 데 성공했던
　　　거죠. 당나귀를
등에 지고 날랐던 거예요. 그래서 두 사람은 결혼했죠.
또 그는 작은 구두수선집 사동으로 일하던 동안
홍수로 슈루즈베리를 쓸어버리려고 오는 거인을
속여먹었어요. '그런데 이제 거리가 얼마나 남아 있지?'
거인이 지나가며 물었죠. '이런, 깜박했네요.
그치만 내가 걷느라 닳아버린 이 신발들을 봐요.
그런데도 아직 멀었는걸요.' 그는 포대 속에 모아두었던
　　　수선용 신발들을

Of shoes for mending. The giant let fall from his spade
The earth for damming Severn, and thus made
The Wrekin hill; and little Ercall hill
Rose where the giant scraped his boots. While still
So young, our Jack was chief of Gotham's sages.
But long before he could have been wise, ages
Earlier than this, while he grew thick and strong
And ate his bacon, or, at times, sang a song
And merely smelt it, as Jack the giant-killer
He made a name. He too ground up the miller,
The Yorkshireman who ground men's bones for flour.

"Do you believe Jack dead before his hour?
Or that his name is Walker, or Bottlesford,
Or Button, a mere clown, or squire, or lord?
The man you saw, — Lob-lie-by-the-fire, Jack Cade,
Jack Smith, Jack Moon, poor Jack of every trade,
Young Jack, or old Jack, or Jack What-d'ye-call,
Jack-in-the-hedge, or Robin-run-by-the-wall,
Robin Hood, Ragged Robin, lazy Bob,
One of the lords of No Man's Land, good Lob, —
Although he was seen dying at Waterloo,
Hastings, Agincourt, and Sedgemoor too, —
Lives yet. He never will admit he is dead

잔뜩 꺼내놓았어요. 거인은 세번강[25] 둑을 쌓으려던
흙을 삽에서 떨어뜨렸고, 그렇게 레킨 언덕을
만들었죠. 또 거인이 장화의 흙을 긁어낸 곳에는
자그마한 어콜 언덕[26]이 솟았어요. 아직
한창 젊었을 적에 우리 잭은 고텀의 현자들[27] 중
　　우두머리였죠.
그런데 오래전에, 이보다 수 세대 전부터 그는
지혜로웠을 수도 있어요. 살이 붙고 건장해져
제 몫의 베이컨을 먹거나 때로 노래하면서
그저 베이컨 냄새를 맡기만 하는 동안에도 '거인 킬러
　　잭'으로
이름을 날렸죠. 그는 또 그 방앗간 주인,
사람 뼈를 빻아 밀가루를 만들었던 그 요크셔주 사람을
　　완전히 빻아버렸죠.

댁은 잭이 너무 일찍 죽었다고 믿나요?
아니면 그의 이름이 워커나 보틀스퍼드나 버튼이라고,
또 그저 촌뜨기나 시골 지주나 영주 중 하나라고 믿나요?
댁이 보았던 그 남자―난롯가에 누운 롭, 잭 케이드,[28]
잭 스미스, 잭 문, 가엾은 팔방미인 잭,
청년 잭, 또는 노인 잭, 또는 잭 아무개,
생울타리 속 잭, 또는 담장에 부딪친 로빈,[29]
로빈 후드,[30] 누더기를 걸친 로빈,[31] 게으른 밥,
무주공산[32]의 영주 중 한 사람, 착한 롭―는,
비록 워털루, 헤이스팅스, 애진코트,
또 세지무어[33]에서도 죽어가는 모습이 목격되긴 했지만,
아직 살아 있죠. 방앗간 주인들이 빵을 만들려고 사람
　　뼈를 빻는 걸

Till millers cease to grind men's bones for bread,
Not till our weathercock crows once again
And I remove my house out of the lane
On to the road." With this he disappeared
In hazel and thorn tangled with old-man's-beard.
But one glimpse of his back, as there he stood,
Choosing his way, proved him of old Jack's blood,
Young Jack perhaps, and now a Wiltshireman
As he has oft been since his days began.

그칠 때까지 그는 결코 자기가 죽었다는 걸 인정하지
　　않을 거예요.
우리 집의 수탉 모양의 풍향계가 한 번 더 울고
내가 이 집을 좁은 길에서 큰길로 옮겨놓을 때까지는
그럴 거예요.” 이 말과 함께 그는 ‘노인 수염’[34]과 뒤얽힌
산사나무와 개암나무 사이로 사라졌다.
하지만 그가 거기 서서 갈 길을 정할 때 그의 등을
한번 흘낏 보니 노인 잭의 혈통임이 분명했다,
그의 날들이 시작된 이래 종종 그랬듯,
어쩌면 청년 잭, 그리고 지금은 윌트셔주 사람임이.

1. 잉글랜드 남부의 주(州)로, 주도는 모직물로 유명한 트로브리지다.
2. 당시에는 밭에 심은 곡물 씨앗들을 새들이 파먹지 못하도록
   어린이들에게 돈을 주고 새들을 쫓게 했다.
3. 윌트셔주의 세 마을로, 모두 ‘매닝퍼드’란 지명이 뒤에 붙는다.
4. ‘올턴’은 이 두 마을로 이루어진, 윌트셔주의 한 교구다.
5. 그들이 어리석게 행동했다는 뜻이다.
6. 그 지역의 또 다른 마을도 ‘보틀스퍼드’란 이름을 갖고 있다.
7. 언덕의 뗏장을 백마 형상으로 깎아 아래쪽의 백악질이 드러났다는
   뜻이다.
8. 사냥은 지주 아들의 신분에 어울리는 일이다.
9. 이 행은 롭이 보편적이고 상징적인 인물임을 시사한다.
10. 진홍색 꽃이 피는 석죽과 동자꽃속 여러해살이풀.
11. 엑서터는 잉글랜드 남서부 데번주의 도시고, 리즈는 잉글랜드 북부
    웨스트요크셔주 중부의 도시다.
12. 동자꽃.
13. 존 제라드(John Gerard, 1546~1612)는 『초본지』(草本誌, 1597)로 널리
    알려진 영국 초본 연구자다.
14. 제라드는 야생 으아리가 사람들이 지나다니는 생울타리와 오솔길을 따라
    피어 있어서 그런 이름을 붙였다.
15. 롭의 연인.
16. 서리의 노스다운스에 자리한, 파넘에서 길퍼드까지 뻗어 있는 산등성이.
    이 등성이를 따라 길이 나 있는데, 윌트셔다운스부터 켄트 연안까지 뻗은
    옛 능선 길의 일부였다.

17. 버크셔주의 시노던 언덕을 가리키는 속명. '던치 엄마의 엉덩이'라는 어구는 한때 그 땅을 소유했던 던치가에서 비롯된 것이다.
18. 이들은 모두 허트퍼드셔주와 윌트셔주에 있는 장소들이다.
19. 제프리 초서의 『캔터베리 이야기』의 「수녀 지도신부 이야기」에서 수탉 챈티클리어는 자신이 여우에게 살해되는 꿈을 꾸고 실제로 그의 허세를 이용한 여우의 간계에 속아 여우에게 물려 잡혀가지만, 이번에는 여우의 허세를 이용해 결국 꾀를 부려 살아나게 된다.
20. '어둡고 우울한 안색이었다'라는 뜻.
21. 셰익스피어의 『사랑의 헛수고』의 끝에 나오는 노래에 대한 언급이다.
22. 영국 민담에서 헌의 유령은 머리에 수사슴 뿔을 달고 윈저 파크에 출몰하는 것으로 그려진다.
23. 켄트주는 잉글랜드 남동부의 주고, 켄트주에 속한 캔터베리는 유서 깊은 종교도시로 현재는 영국국교회의 중심지다.
24. 104~129행에서 토머스는 공주와 결혼해 부를 얻고 거인들을 무찌른 일에 관한 영국 민담의 여러 이야기들에 기댄다.
25. 영국에서 가장 긴 강. 슈루즈베리(114행)는 잉글랜드 슈롭셔주의 주도로, 세번강이 통과하는 읍이다.
26. '레킨 언덕'과 '어콜 언덕'은 슈롭셔주에 있다.

27. 고텀은 노팅엄셔주의 한 마을로, 그 주민의 어리석음을 전하는 많은 이야기들로 널리 알려졌다.

28. 헨리 6세에 반기를 든 1450년 켄트 반란의 지도자.

29. 다음 행의 '누더기를 걸친 로빈'과 마찬가지로 야생 식물들을 가리키는 속명이다. '생울타리 속 잭'은 마늘과 비슷한 냄새가 나는 유럽 원산의 식물인 '마늘냉이'를 가리킨다.

30. 노팅엄셔주의 셔우드 숲에 살고 있었다고 하는 중세 영국의 전설적인 의적.

31. '가는동자꽃'을 가리키는 속명. 꽃잎이 여러 갈래로 쪼개져 있고 ('누더기를 걸친') 붉은색 가슴의 울새('로빈')와 비슷한 색깔이어서 그런 이름이 붙여졌다.

32. 원래는 '누구에게도 속하지 않는 황무지'를 뜻하지만, 여기서는 제1차 세계대전 중 교전 중인 군대의 참호들 사이의 완충지대를 가리킬 수도 있다.

33. 네 지명 모두 영국사에서 유명한 전투가 벌어진 장소를 가리킨다. 워털루 전투는 1815년, 헤이스팅스 전투는 1066년, 애진코트 전투는 1415년, 세지무어 전투는 1685년에 벌어졌다.

34. '좀사위질빵'을 가리키는 속명.

Up in the Wind

"I could wring the old thing's neck that put it here!
A public-house! it may be public for birds,
Squirrels and such-like, ghosts of charcoal-burners
And highwaymen." The wild girl laughed. "But I
Hate it since I came back from Kennington.
I gave up a good place." Her Cockney accent
Made her and the house seem wilder by calling up —
Only to be subdued at once by wildness —
The idea of London, there in that forest parlour,
Low and small among the towering beeches
And the one bulging butt that's like a font.

Her eyes flashed up; she shook her hair away
From eyes and mouth, as if to shriek again;
Then sighed back to her scrubbing. While I drank
I might have mused of coaches and highwaymen,
Charcoal-burners and life that loves the wild.
For who now used these roads except myself,
A market waggon every other Wednesday,
A solitary tramp, some very fresh one

바람에 실려

"그걸 여기 세운 할멈 목을 비틀어버릴 수도 있다구요!
펍[1] 말이에요! 새나 다람쥐나 그딴 것들,
숯꾼[2]이나 노상강도의 유령이 아무 때나 들락거리기엔
딱이지요." 그 왈가닥 여자는 웃었다. "그치만 내가
케닝턴[3]에서 돌아와서 그런지 그게 끔찍하다니까요.
난 살기 좋은 곳을 포기했어요." 그녀의 런던내기 말씨는
성수반(聖水盤)처럼 튀어나온 뭉툭한 끄트머리이자
우뚝한 너도밤나무들 사이에서 나지막하고 작은
거기 그 숲의 응접실에서 런던을 떠올리게 함으로써
—결국 황량함 때문에 곧바로 가라앉긴 했지만—
그녀와 그 집을 더 황량한 것처럼 보이게 했다.

그녀의 두 눈은 번쩍 빛났다. 그녀는 마치 다시
비명을 지를 것처럼 두 눈과 입에서 머리칼을 흔들어
　　　털어냈다.
그러고는 한숨을 내쉬며 다시 바닥을 닦았다. 술을
　　　마시면서
나는 사륜마차와 노상강도와 숯꾼과
야생을 사랑하는 삶에 대해 골똘히 생각해볼 수도 있었을
　　　것이다.
나 말고 누가 요즘 이런 길을 이용했겠는가?
격주 수요일마다 지나가는 시장 화차(貨車),
11마일[4]이 지나도록 인가라곤 없는 이 지역에 대해

Ignorant of these eleven houseless miles,
A motorist from a distance slowing down
To taste whatever luxury he can
In having North Downs clear behind, South clear before,
And being midway between two railway lines
Far out of sight or sound of them? There are
Some houses — down the by-lanes; and a few
Are visible — when their damsons are in bloom.
But the land is wild, and there's a spirit of wildness
Much older, crying when the stone-curlew yodels
His sea and mountain cry, high up in Spring.
He nests in fields where still the gorse is free as
When all was open and common. Common 'tis named
And calls itself, because the bracken and gorse
Still hold the hedge where plough and scythe have chased
     them.
Once on a time 'tis plain that 'The White Horse'
Stood merely on the border of a waste
Where horse or cart picked its own course afresh.
On all sides then, as now, paths ran to the inn;
And now a farm-track takes you from a gate.

아는 게 없는 아주 신참 뜨내기,

노스다운스[5]를 한참 뒤에, 사우스다운스[6]를 한참 앞에
　　두고

두 선로(線路) 중간쯤에 있으면서

선로를 보거나 그 소리를 들을 수 없을 만큼 멀리
　　떨어진 채

자신이 누릴 수 있는 어떤 호사건 맛보려고

속도를 늦추는 멀리서 온 운전자를 빼고는. 집 몇 채가

있긴 하다—샛길 아래쪽엔. 또 몇 채는

눈에 띈다—자두꽃이 필 때에는.

하지만 땅은 황량하고, 훨씬 더 나이 많은

야생의 정령이 있어서, 봄에 물떼새의 요들송이 제 바다와
　　산에게

큰 소리로 알릴 때면 드높이 소리친다.

물떼새는 모든 게 개방되고 공유되던 때처럼 가시금작화
　　덤불이

여전히 공짜인 들판에 둥지를 튼다. 그것은 '공유지'라고
　　명명되고

또 스스로 그렇게 부르는데, 고사리와 가시금작화 덤불이

쟁기와 큰 낫이 저희를 뒤쫓아온 곳에서 여전히
　　생울타리를 붙잡고 있기 때문이다.

옛적엔 말이나 수레가

새로 저만의 진로를 잡던 황야 가장자리에

'백마(白馬) 펍'이 마냥 서 있었던 건 분명하다.

그때도 지금처럼 사방에서 오솔길이 여관으로 나
　　있었는데,

이제 농로(農路) 하나가 출입구에서부터 당신을 데려간다.

Two roads cross, and not a house in sight
Except 'The White Horse' in this clump of beeches.
It hides from either road, a field's breadth back;
And it's the trees you see, and not the house,
Both near and far, when the clump's the highest thing
And homely, too, upon a far horizon
To one that knows there is an inn within.

"'Twould have been different" the wild girl shrieked, "suppose
That widow had married another blacksmith and
Kept on the business. This parlour was the smithy.
If she had done, there might never have been an inn;
And I, in that case, might never have been born.
Years ago, when this was all a wood
And the smith had charcoal-burners for company,
A man from a beech-country in the shires
Came with an engine and a little boy
(To feed the engine) to cut up timber here.

두 도로는 교차하고, 이 너도밤나무 숲에서는
'백마 펍' 말고는 그 어떤 집도 보이지 않는다.
그것은 양쪽 도로로부터 밭 하나 너비만큼 뒤쪽으로 숨어
　　　있다.
그리고 숲 안에 여관이 있다는 걸 아는 사람에게
그 숲이 먼 지평선상에서 가장 높고 또 아늑한 것으로
　　　　보일 때
우리에게 보이는 건 그 집이 아니라
가까이 또 멀리 있는 나무들이다.

"달랐겠지요"라고 그 왈가닥 여자는 새된 목소리로
　　　　말했다.
"그 과부가 다른 대장장이랑 결혼해서
그 일을 계속했더라면 말이에요. 이 응접실은
　　　　대장간이었어요.
만일 그 여자가 그랬다면, 여관 같은 건 결코 없었을 수
　　　있고,
나도, 그러면, 결코 태어나지 않았을 수도 있어요.
여러 해 전에, 여기가 온통 숲이고
대장장이가 숯꾼들을 짝패로 삼았을 때,
중부지방의 너도밤나무 고장 출신인 한 남자가
여기서 목재를 잘라내려고 기계톱과
(그 톱에 목재를 댈) 남자애 한 명을 데리고 왔죠.

It all happened years ago. The smith
Had died, his widow had set up an alehouse —
I could wring the old thing's neck for thinking of it.
Well, I suppose they fell in love, the widow
And my great-uncle that sawed up the timber:
Leastways they married. The little boy stayed on.
He was my father." She thought she'd scrub again —
"I draw the ale and he grows fat" she muttered —
But only studied the hollows in the bricks
And chose among her thoughts in stirring silence.
The clock ticked, and the big saucepan lid
Heaved as the cabbage bubbled, and the girl
Questioned the fire and spoke: "My father, he
Took to the land. A mile of it is worth
A guinea; for by that time all the trees
Except these few about the house were gone:
That's all that's left of the forest unless you count
The bottoms of the charcoal-burners' fires —
We plough one up at times. Did you ever see
Our signboard?" No. The post and empty frame
I knew. Without them I should not have guessed
The low grey house and its one stack under trees
Was a public-house and not a hermitage.
"But can that empty frame be any use?
Now I should like to see a good white horse

다 여러 해 전 일이에요. 대장장이는
이미 죽은 뒤였고, 과부가 된 그의 아내가 선술집을
        차렸구요—
난 그런 생각을 했던 그 할멈 목을 비틀어버릴 수도 있어요.
글쎄, 그들이 사랑에 빠졌던 것 같아요, 그 과부랑
목재를 톱으로 켜던 내 작은할아버지 말이에요.
하여간 그들은 결혼했죠. 남자애는 계속 남아 있었구요.
그 남자애가 바로 제 아버지예요." 그녀는 다시
        닦아야겠다는 생각이 들었던 모양이지만—
"나는 에일 맥주를 뽑고 아버지는 살이 찌죠"라고 그녀는
        중얼거렸다—
벽돌 속 우묵한 곳들을 찬찬히 살피기만 하고는
심란한 침묵 속에서 생각을 골랐다.
시계가 똑딱거렸고, 양배추가 부글거리면서
커다란 스튜 냄비 뚜껑이 들썩거렸고, 여자는
불을 살펴보고는 이렇게 말했다. "내 아버지, 그 양반은
땅에 푹 빠졌어요. 땅 1마일이면
1기니[7]쯤 돼요. 그 무렵엔 집 주변의
이 몇 그루를 뺀 나무들은 다 베어버리고 없었으니까요.
화롯불에 남은 밑동들을 빼면
숲에 남은 건 저게 다예요—
우린 가끔 땅을 갈아엎곤 해요. 우리 집 간판을
본 적 있어요?" 없었다. 기둥과 빈 프레임은
본 적 있었다. 그것들이 없었다면 난 짐작도 못 했으리라,
나무들 아래 낟가리가 하나 쌓여 있는 야트막한 회색 집이
암자가 아니라 펍이라는 것을.
"하지만 그 빈 프레임이 무슨 소용이 있겠어요?
   지금 난 멋진 백마가 거기서 흔들리는 걸,

Swing there, a really beautiful white horse,
Galloping one side, being painted on the other."
"But would you like to hear it swing all night
And all day? All I ever had to thank
The wind for was for blowing the sign down.
Time after time it blew down and I could sleep.
At last they fixed it, and it took a thief
To move it, and we've never had another:
It's lying at the bottom of the pond.
But no one's moved the wood from off the hill
There at the back, although it makes a noise
When the wind blows, as if a train were running
The other side, a train that never stops
Or ends. And the linen crackles on the line
Like a wood fire rising." "But if you had the sign
You might draw company. What about Kennington?"
She bent down to her scrubbing with "Not me:
Not back to Kennington. Here I was born,
And I've a notion on these windy nights
Here I shall die. Perhaps I want to die here.
I reckon I shall stay. But I do wish

정말 아름다운 백마가 한쪽 면에서는 질주하고
다른 쪽 면에는 채색되어 있는 걸 보고 싶네요."
"그치만 손님은 간판이 흔들리는 소리를 밤낮으로 내내
듣고 싶으세요? 내가 바람한테 딱 하나 고마웠던 건
세차게 불어 간판을 떨어뜨려줬다는 거예요.
몇 번이고 바람은 간판을 떨어뜨렸고, 그래서 난 잠을 잘
    수 있었죠.
결국 사람들이 간판을 고정하긴 했는데, 그걸 치우는
    데에는
도둑 한 명만 있으면 됐지, 딴 도둑은 결코 필요
    없었어요.
간판은 지금 연못 밑바닥에 가라앉아 있어요.
하지만 마치 열차가, 잠시든 아주든 결코 멈춰 서는 법
    없는
열차가 맞은편으로 달리는 것처럼,
바람이 불 때 숲이 시끄러워도
누구도 저 뒤쪽 언덕으로부터 숲을 옮기진
못했어요. 그리고 빨랫줄에 걸린 리넨 제품들은
타오르는 장작불처럼 타다닥 소리를 내구요." "그렇지만
    간판이 있으면
손님들을 끌 수 있을 거예요. 케닝턴은 어때요?"
그녀는 허리를 굽혀 바닥을 닦으면서 말했다.
    "난 아니에요.
케닝턴으로는 안 돌아가요. 난 여기서 태어났고,
이렇게 바람이 센 밤이면 여기서 내가 죽을 거란
생각이 들어요. 어쩌면 여기서 죽고 싶은 건지도요.
난 여기 남아 있을 것 같아요. 하지만 내가 바라는 건

The road was nearer and the wind farther off,
Or once now and then quite still, though when I die
I'd have it blowing that I might go with it
Somewhere distant, where there are trees no more
And I could wake and not know where I was
Nor even wonder if they would roar again.
Look at those calves."

                  Between the open door
And the trees two calves were wading in the pond,
Grazing the water here and there and thinking,
Sipping and thinking, both happily, neither long.
The water wrinkled, but they sipped and thought,
As careless of the wind as it of us.
"Look at those calves. Hark at the trees again."

도로가 더 가깝거나 바람이 더 먼 곳에서 불어대거나,
어쩌다 한 번쯤 아주 조용했으면 하는 거예요. 물론 내가
　　　죽을 땐
바람이 불어서, 더 이상 나무가 없는,
또 내가 잠이 깨도 어디 있는지 알지 못하고
나무들이 다시 고함칠지 궁금하지도 않을
저 먼 어딘가로 바람과 함께 갈 수 있었으면 하지만요.
저 송아지들 좀 봐요."

　　　　열린 문과
나무들 사이에서 송아지 두 마리가 연못에서 놀면서,
여기저기서 물을 홀짝이며 생각에 잠겼다가
둘 다 행복하게, 길지 않은 시간 동안 물을 홀짝이며
　　　생각에 잠기곤 했다.
물에는 주름이 잡혔지만, 그들은 바람이 우리에 대해
　　　그렇듯
전혀 개의치 않고 물을 홀짝이면서 생각에 잠겼다.
"저 송아지들을 봐요. 다시 나무들 소리를 들어봐요."

1. 이 시의 배경은 당시 에드워드 토머스가 살던 스티프 위쪽 프라이어스
   딘 교구에 있는 프록스필드 고원의 한 폅이다.
2. 수 세기 동안 영국 시골에서는 나무를 태워 숯을 만드는 이들을 흔히 볼
   수 있었다.
3. 런던 남부의 한 구(區).
4. 1마일은 1.6킬로미터다.
5. 잉글랜드 남동부 서리주를 중심으로 햄프셔주부터 켄트주까지 동서로
   뻗은 야트막한 초지성 언덕.
6. 잉글랜드 남부 이스트서식스주부터 햄프셔주까지 동서로 뻗은 야트막한
   초지성 언덕.
7. 기니는 영국의 옛 금화로, 1기니는 21실링에 해당한다. 1실링은 12펜스,
   즉 20분의 1파운드다.

V 나는 잠의 국경에 다다랐다

The Owl

Downhill I came, hungry, and yet not starved;
Cold, yet had heat within me that was proof
Against the North wind; tired, yet so that rest
Had seemed the sweetest thing under a roof.

Then at the inn I had food, fire, and rest,
Knowing how hungry, cold, and tired was I.
All of the night was quite barred out except
An owl's cry, a most melancholy cry

Shaken out long and clear upon the hill,
No merry note, nor cause of merriment,
But one telling me plain what I escaped
And others could not, that night, as in I went.

And salted was my food, and my repose,
Salted and sobered, too, by the bird's voice
Speaking for all who lay under the stars,
Soldiers and poor, unable to rejoice.

올빼미

언덕을 내려오며 나는 배가 고팠지만 굶어 죽을 정도는
    아니었다.
추웠지만, 북풍을 막아줄 정도의
체온은 있었다. 피곤했지만, 그래서 지붕 아래서의
휴식이 가장 달콤할 것 같기도 했다.

그러고는 여관에서 음식을 먹고 불을 쬐고 쉬면서
내가 얼마나 배고프고 춥고 피곤했는지 깨달았다.
그날 밤의 모든 것은 여관 밖으로 말끔히 쫓겨났다
올빼미의 울음, 언덕 위로 길고 또렷하게 터져 나온

아주 음울한 울음만 빼고—
그건 전혀 즐거운 지저귐도 아니고 즐거움을 자아내지도
    못하면서
그날 밤 여관에 들어섰을 때 내가 벗어났던 게 뭔지,
다른 이들은 벗어날 수 없었던 게 뭔지 뚜렷이 알려주는
    울음이었다.

내 음식에는 소금이 뿌려져 있었고 내 휴식 또한
별 아래 누운 모든 이들, 기뻐할 수 없는
병사들과 가난한 이들을 대변하는 그 새의 울음소리로
소금 뿌려지고 진지해졌다.

In Memoriam (Easter, 1915)

The flowers left thick at nightfall in the wood
This Eastertide call into mind the men,
Now far from home, who, with their sweethearts, should
Have gathered them and will do never again.

추도시(1915년 부활절)

해 질 녘 숲에 무성하게 남겨진 꽃들은
이 부활절 시기에 마음속에 떠올리게 만든다,
애인과 함께 그 꽃들을 그러모아야 했지만 다시는 그러지
    못할,
지금은 집에서 멀리 떨어져 있는 남자들을.

Cock-Crow

Out of the wood of thoughts that grows by night
To be cut down by the sharp axe of light, —
Out of the night, two cocks together crow,
Cleaving the darkness with a silver blow:
And bright before my eyes twin trumpeters stand,
Heralds of splendour, one at either hand,
Each facing each as in a coat of arms:
The milkers lace their boots up at the farms.

수탉 울음소리

밤중에 자라다가 빛의 날카로운 도끼에
잘려 나간 상념들의 숲으로부터 —
밤으로부터 수탉 두 마리가 함께 울며
은빛 일격으로 어둠을 쪼갠다.
그리고 내 눈앞에 나팔수 두 명이,
장려한 전령(傳令)들이 양쪽에 한 명씩
문장(紋章)에서처럼 마주 보고 환하게 서 있다.
젖 짜는 일꾼들은 농장에서 신발 끈을 단단히 졸라맨다.

This is no case of petty right or wrong

This is no case of petty right or wrong
That politicians or philosophers
Can judge. I hate not Germans, nor grow hot
With love of Englishmen, to please newspapers.
Beside my hate for one fat patriot
My hatred of the Kaiser is love true: —
A kind of god he is, banging a gong.
But I have not to choose between the two,
Or between justice and injustice. Dinned
With war and argument I read no more
Than in the storm smoking along the wind
Athwart the wood. Two witches' cauldrons roar.
From one the weather shall rise clear and gay;
Out of the other an England beautiful
And like her mother that died yesterday.
Little I know or care if, being dull,
I shall miss something that historians
Can rake out of the ashes when perchance
The phoenix broods serene above their ken.
But with the best and meanest Englishmen

이건 사소한 옳고 그름의 문제가
전혀 아니다

이건 정치인이나 철학자가 판단할 수 있는
사소한 옳고 그름의 문제가
전혀 아니다. 나는 독일인을 증오하지도 않고,
신문들이 다루기 좋게 영국인에 대한 사랑으로 격해지는
　　사람도 아니다.
어떤 뚱뚱한 애국자에 대한 나의 증오에 견주면
황제[1]에 대한 나의 증오는 참된 애정인 셈이다.
일종의 신이다, 징을 치는 그는.
하지만 난 그 둘 중 하나를, 또는 정의와 불의 중 하나를
선택할 필요는 없다. 전쟁과 논쟁의 소음에
귀가 먹먹해진 나는 숲을 비스듬히 가로지르는 바람을
　　따라
수증기를 내뿜는 폭풍 속에서 읽어내는 정도밖에
읽어내지 못한다. 두 마녀의 가마솥이 아우성친다.
한 가마솥으로부터 날씨는 화창하게 솟아오를 테고,
다른 가마솥으로부터는 어제 죽은 제 모친을 닮은
아름다운 영국이 솟아오르리라.[2]
내가 아는 건 거의 없고 또 어쩌면 불사조가
자신들의 시야 밖에서 조용히 알을 품을 때
역사가들이 잿더미로부터 긁어모을 수 있는 어떤 것을
둔한 내가 놓치더라도 난 거의 개의치 않는다.
하지만 난 노예들과 가축들은 결코 가호를 빌어줄 수
　　없었던 것을

I am one in crying, God save England, lest
We lose what never slaves and cattle blessed.
The ages made her that made us from the dust:
She is all we know and live by, and we trust
She is good and must endure, loving her so:
And as we love ourselves we hate our foe.

우리가 잃지 않도록 "신이여, 영국을 구하소서"라고
    외치는 일에서는
가장 뛰어난 영국인들이나 가장 보잘것없는 영국인들과
    같은 의견이다.
우리를 흙먼지로부터 지어낸 세월은 영국도 지어냈다.
영국이야말로 우리가 아는 전부이자 살아가는 근거이고,
    우리는
영국을 그토록 사랑하기에 영국이 선하고 영속해야
    한다고 믿는다.
또 우리는 우리 자신을 사랑하기 때문에 영국의 적을
    증오한다.

1. 1888년부터 1918년까지 독일 황제로 재임했던 빌헬름 2세(1859~1941).
2. 시적 화자는 전후의 영국이 전쟁 전의 영국과 같기를 바란다.

Tears

It seems I have no tears left. They should have fallen —
Their ghosts, if tears have ghosts, did fall — that day
When twenty hounds streamed by me, not yet combed out
But still all equals in their rage of gladness
Upon the scent, made one, like a great dragon
In Blooming Meadow that bends towards the sun
And once bore hops: and on that other day
When I stepped out from the double-shadowed Tower
Into an April morning, stirring and sweet
And warm. Strange solitude was there and silence.
A mightier charm than any in the Tower
Possessed the courtyard. They were changing guard,
Soldiers in line, young English countrymen,
Fair-haired and ruddy, in white tunics. Drums
And fifes were playing "The British Grenadiers."
The men, the music piercing that solitude

눈물[1]

내겐 눈물이 전혀 남아 있지 않은 듯하다. 눈물은
    떨어졌어야 했다—
눈물의 유령들이 있다면, 그 유령들은 떨어졌다—
    그날,
아직 잘 빗질되진 않았지만 기뻐 날뛴다는 점에서는 모두
    같았던
사냥개 스무 마리가 냄새를 맡고는
내 곁을 줄지어 달려가면서[2], 해를 향해 휘어지고
한때는 홉을 산출했던 블루밍 메도[3]의 거대한
    용처럼
하나를 이루었던 날에. 그리고 다른 어떤 날,
내가 두 겹으로 그늘진 탑[4]에서 걸어 나와
떠들썩하고 상쾌하고 따뜻한 4월의 어느 아침
    속으로
들어갔던 날에도. 야릇한 고적함이 거기 있었다.
탑의 그 어떤 매력보다 강력한 매력이
안뜰을 사로잡았다. 위병 교대식을 하는 중이었다,
일렬횡대의 병사들, 흰색 튜닉[5]을 입은
금발의 불그스레한 영국 시골 젊은이들이.
    고적대(鼓笛隊)가
〈영국 척탄병 행진곡〉[6]을 연주하는 중이었다.
사람들과 그 고적함을 꿰뚫는 음악이

And silence, told me truths I had not dreamed,
And have forgotten since their beauty passed.

내가 전에는 꿈꾼 적 없었던, 또 그들의 아름다움이
    지나간 이래로
잊고 있던 진실을 내게 알려주었다.

1. 에드워드 토머스는 제1차 세계대전이 발발한 지 몇 달 뒤에 이 시를
   썼는데, 이 무렵 전쟁의 성격과 영국의 자연, 또 전쟁으로 인해 받은
   충격에 관해 깊이 생각하고 있었다. 1년 뒤 그는 자원입대했다.
2. 여우 사냥은 전형적인 영국적 이미지다.
3. 토머스 일가는 1904년 5월부터 1906년 후반 사이에 켄트주의
   엘시스 팜에서 살았다. 아내인 헬렌 토머스는 회고록에서 "물론 블루밍
   메도의 사랑스러운 비탈에서 건초를 만드는 일은 우리 모두에게
   축제였다"라고 썼다.
4. 런던탑.
5. 경찰관이나 군인 등이 제복의 일부로 입는, 몸에 딱 붙는 짧은 상의.
6. 17세기부터 연주되기 시작한 무척 애국적인 내용이 담긴 영국 행진곡.

Rain

Rain, midnight rain, nothing but the wild rain
On this bleak hut, and solitude, and me
Remembering again that I shall die
And neither hear the rain nor give it thanks
For washing me cleaner than I have been
Since I was born into this solitude.
Blessed are the dead that the rain rains upon:
But here I pray that none whom once I loved
Is dying tonight or lying still awake
Solitary, listening to the rain,
Either in pain or thus in sympathy
Helpless among the living and the dead,
Like a cold water among broken reeds,
Myriads of broken reeds all still and stiff,
Like me who have no love which this wild rain
Has not dissolved except the love of death,
If love it be towards what is perfect and
Cannot, the tempest tells me, disappoint.

비

이 음산한 오두막 위로 비, 한밤중의 비,
오직 폭우만 쏟아지고, 혼자인 나는 죽어
빗소리를 듣지도 못하리라는 것을
또 이 고독 속으로 태어난 이래
그 어느 때보다 깨끗이 나를 씻어준 데 대해
비에게 감사를 표하지도 못하리라는 것을 다시 떠올리고.
복되도다, 쏟아지는 비를 맞는 죽은 이들은.
하지만 이곳에서 난 한때 내가 사랑했던 그 누구도
고독하게, 빗소리를 들으며,
셀 수 없이 많은 꺾인 갈대들은 다 조용하고 뻣뻣한데
꺾인 갈대들 사이 차가운 물처럼,
산 자들과 죽은 자들 사이에서 무력해져
고통 속에서 또는 그로 인한 공감 속에서
죽음에 대한 사랑을 빼고는 이 폭우가 녹이지 못한
그 어떤 사랑도 갖고 있지 않은 나처럼
오늘 밤 죽어가거나 아직 깨어 누워 있지 않기를
        기도한다.
죽음에 대한 사랑이 완벽한 것을 향한 사랑이고,
사나운 비바람이 내게 말하듯, 실망시키진 않을 거라
        하더라도.

Roads

I love roads:
The goddesses that dwell
Far along invisible
Are my favourite gods.

Roads go on
While we forget, and are
Forgotten like a star
That shoots and is gone.

On this earth 'tis sure
We men have not made
Anything that doth fade
So soon, so long endure:

The hill road wet with rain
In the sun would not gleam
Like a winding stream
If we trod it not again.

길

나는 길을 사랑한다.
저 앞 멀리 눈에 안 띄게
거주하는 여신들은
내가 좋아하는 신들이다.

우리가 잊고 있는 동안에도
길은 이어지고,
반짝 빛나곤 사라져버리는
유성처럼 잊힌다.

확실한 건, 이 지상에서
우리 인간들은 그토록 빨리 빛이 바래는,
그토록 오랫동안 견디는 그 어떤 것도
만들지 못한다는 사실이다.

비에 젖은 언덕길은
만일 우리가 다시 밟고 가지 않는다면
구불구불한 개울처럼
햇볕 속에서 은은하게 빛나지 않으리라.

They are lonely
While we sleep, lonelier
For lack of the traveller
Who is now a dream only.

From dawn's twilight
And all the clouds like sheep
On the mountains of sleep
They wind into the night.

The next turn may reveal
Heaven: upon the crest
The close pine clump, at rest
And black, may Hell conceal.

Often footsore, never
Yet of the road I weary,
Though long and steep and dreary
As it winds on for ever.

우리가 잠든 새에
길은 외롭고,
이젠 꿈일 뿐인
길손이 없어 더 외롭다.

새벽 어스름과
잠의 산들 위의
양떼구름 무리로부터
길은 밤 속으로 구부러져 들어간다.

다음번 굽이는
천국을 보여줄지 모르고, 산꼭대기에는
미동도 하지 않는 시커멓고 울창한 소나무 숲이
지옥을 숨기고 있을지도 모른다.

자주 발이 아프긴 하지만
길이 지겨워진 적은 아직 한 번도 없다,
비록 영원히 구불구불 이어지는 그 길이
길고 가파르고 황량하더라도.

Helen of the roads,
The mountain ways of Wales
And the Mabinogion tales,
Is one of the true gods,

Abiding in the trees,
The threes and fours so wise,
The larger companies,
That by the roadside be,

And beneath the rafter
Else uninhabited
Excepting by the dead;
And it is her laughter

At morn and night I hear
When the thrush cock sings
Bright irrelevant things,
And when the chanticleer

웨일스의 산길을 지키는
길의 여신으로
마비노기온 이야기[1]에도 나오는 헬렌은
진짜 신들 중 하나다.

그토록 지혜롭게 서너 그루씩,
또 더 많이 무리 지어
길가나
죽은 자들이 아니면

다른 누구도 거주하지 않는
서까래 아래에 서 있는
나무들에 신들은 산다.
또 수컷 지빠귀가 명랑하게

엉뚱한 것들을 노래하는 아침에,
수탉[2]이 헬렌 자신의
발걸음만큼이나 경쾌한
자신들의 경쾌한 발걸음으로 눌러

Calls back to their own night
Troops that make loneliness
With their light footsteps' press,
As Helen's own are light.

Now all roads lead to France
And heavy is the tread
Of the living; but the dead
Returning lightly dance:

Whatever the road bring
To me or take from me,
They keep me company
With their pattering,

고독감을 자아내는 무리들을
그들 자신의 밤으로 되부르는 밤에
내가 듣는 건
바로 그녀의 웃음소리다.

이제 모든 길은 프랑스로 이어지고
산 자들의 발걸음은
무겁지만, 죽은 자들은
경쾌하게 춤추며 돌아온다.

길이 내게 무엇을 가져다주건
아니면 내게서 무엇을 빼앗아 가건,
죽은 자들은 또닥또닥 소리로
나를 계속 따라다니면서

Crowding the solitude
Of the loops over the downs,
Hushing the roar of towns
and their brief multitude.

만곡부(彎曲部)의 한적함을
언덕 너머로 밀어놓고
여러 읍내와 잠시 모인 군중의
시끌벅적한 소리를 침묵시킨다.

1. 중세 웨일스의 이야기들이 집성된 『마비노기온 이야기』는 중세 말에
   웨일스어로 기록되고 1849년에 표준 영어로 번역되었다. 이 이야기에
   따르면 헬렌은 서로마제국과 영국을 통치한 마그누스 막시무스
   (웨일스어로는 '막센 울레딕') 황제와 결혼했고, 남편을 설득해 병사들이
   적의 공격으로부터 제국을 더 쉽게 방어하면서 돌아다닐 수 있도록
   영국 전역의 요새들을 연결하는 도로를 건설하게 했다.
2. 이 시에서 수탉 울음소리는 새벽을 불러오는 것으로 그려진다.

February Afternoon[1]

Men heard this roar of parleying starlings, saw,
A thousand years ago even as now,
Black rooks with white gulls following the plough
So that the first are last until a caw
Commands that last are first again, — a law
Which was of old when one, like me, dreamed how
A thousand years might dust lie on his brow
Yet thus would birds do between hedge and shaw.

Time swims before me, making as a day
A thousand years, while the broad ploughland oak
Roars mill-like and men strike and bear the stroke
Of war as ever, audacious or resigned,
And God still sits aloft in the array
That we have wrought him, stone-deaf and stone-blind.

---

1. 기존 판본들에는 표제 뒤에 "[Sonnet 2]"라는 부제가 덧붙어 있다.

2월 오후

사람들은 화평(和平) 교섭하는 찌르레기들의 이 아우성을
     들었고,
바로 지금처럼 1000년 전에도
검은 까마귀들이 흰 갈매기들과 함께 쟁기를 따라 날고
그래서 첫째가 꼴찌가 되고, 마침내 까악까악 소리가
꼴찌가 다시 첫째가 될 것을 명하는 것을 보았다[1] — 그건
나 같은 이는 어떻게 1000년 동안 흙먼지가
제 이마에 얹힐 수 있을지 몽상에 잠겨도
새들은 생울타리와 덤불 사이에서 그렇게 하곤 하던
     해묵은 법칙.

시간은 내 눈앞에서 흘러가며 1000년을 하루처럼
만든다. 그새 경작지의 널찍한 떡갈나무는
물레방아처럼 아우성치고, 사람들은 여느 때처럼
뻔뻔하게 또는 체념한 채 공격하고 또 전쟁의 타격을
     견디고,
신은 우리가 만들어준 대열 속 저 높은 곳에
아주 귀먹고 아주 눈먼 채 조용히 앉아 있다.

---

1. 『신약성서』「마태복음」에는 "나를 따르려고 제 집이나 형제나 자매나
부모나 자식이나 토지를 버린 사람은 백배의 상을 받을 것이며 또 영원한
생명을 얻을 것이다. 그러나 첫째였다가 꼴찌가 되고 꼴찌였다가 첫째가
되는 사람들이 있을 것이다"(19장 29~30절)라는 구절이 나온다.

"Home"[1]

Fair was the morning, fair our tempers, and
We had seen nothing fairer than that land,
Though strange, and the untrodden snow that made
Wild of the tame, casting out all that was
Not wild and rustic and old; and we were glad.

Fair, too, was afternoon, and first to pass
Were we that league of snow, next the north wind.

There was nothing to return for, except need,
And yet we sang nor ever stopped for speed,
As we did often with the start behind.
Faster still strode we when we came in sight
Of the cold roofs where we must spend the night.
Happy we had not been there, nor could be,
Though we had tasted sleep and food and fellowship
Together long.
                    "How quick" to someone's lip
The words came, "will the beaten horse run home."

1. 기존 판본들에는 "'Home' [3]"로 나와 있다.

'고향'

아침은 맑았고, 우리 기분도 맑았고,
비록 낯설긴 했지만 그 땅보다, 야생이거나 시골풍이거나
오래되지 않은 것은 다 내던지며 길든 것을 야생으로
    만드는
아무도 밟지 않은 눈보다 맑은 것은
본 적 없었다. 그래서 우리는 기뻤다.

오후도 맑았고, 3마일쯤 되는 그 눈길을
맨 처음 지나간 건 우리였고, 다음이 북풍이었다.

필요해서가 아니면 되돌아갈 이유는 전혀 없었다.
하지만 우리는 출발선을 뒤에 두고 종종 그랬듯
노래를 불렀고 또 속도 때문에 멈춘 적도 없었다.
밤을 보내야 하는 차가운 지붕이 보이는 곳에 이르자
우리는 한층 더 걸음을 빨리했다.
비록 우리는 잠과 음식과 동료 관계를 함께 오랫동안
맛본 사이이긴 했지만 거기선 행복했던 적도
행복할 수도 없었다.
           "얼마나 날래게" 누군가의 입술에서
그 단어들이 튀어나왔다, "녹초가 된 말이 고향으로
    달려갈는지".

The word "home" raised a smile in us all three,
And one repeated it, smiling just so
That all knew what he meant and none would say.
Between three counties far apart that lay
We were divided and looked strangely each
At the other, and we knew we were not friends
But fellows in a union that ends
With the necessity for it, as it ought.

Never a word was spoken, not a thought
Was thought, of what the look meant with the word
"Home" as we walked and watched the sunset blurred.
And then to me the word, only the word,
"Homesick," as it were playfully occurred:
No more.

       If I should ever more admit
Than the mere word I could not endure it
For a day longer: this captivity
Must somehow come to an end, else I should be
Another man, as often now I seem,
Or this life be only an evil dream.

'고향'이란 단어가 우리 셋 모두에게서 미소를 자아냈고,
한 명이 바로 그렇게 미소를 지으며 거듭 말해서
모두 다 그가 뜻하는 바를 알았고, 누구도 말하려 하지는
    않았다.
서로 멀리 떨어진 세 주(州)로 나뉜
우리는 서로를 낯설게 바라보았고,
또 우리가 친구 사이가 아니라
그럴 필요가 있을 때면 당연히 끝나게 되는
어떤 연합의 동료라는 것을 알고 있었다.

걸어가며 뿌연 일몰을 지켜보면서 우리는
그 표정과 '고향'이란 단어가 무엇을 뜻하는지
단 한 마디도 없었고, 아무 생각도 나지 않았다.
그때 내 머릿속에는 '향수병'이란 단어,
그 단어만이 말하자면 장난스럽게 떠올랐다.
그뿐이었다.

      만일 내가 단어에 불과한 그것 이상의 무언가를
인정하게 된다면, 나는 단 하루도 더는 그것을
견딜 수 없으리라. 이 갇힌 상태는
어떻게든 끝나야만 하고, 그렇잖으면 나는,
요즘 종종 그렇게 보이듯, 다른 사람이 되거나
아니면 이 삶이 그저 악몽에 불과하리라.

The Cherry Trees

The cherry trees bend over and are shedding
On the old road where all that passed are dead,
Their petals, strewing the grass as for a wedding
This early May morn when there is none to wed.

벚나무들

벚나무 가지들이 휘어져, 지금은 다 죽고 없는 이들이
지나다니던 오래된 길에서 마치 결혼식을 위해서인 듯
풀밭 여기저기에 꽃잎들을 떨어뜨린다,
결혼할 이 하나 없는 이 이른 5월 아침에.

The sun used to shine

The sun used to shine while we two walked
Slowly together, paused and started
Again, and sometimes mused, sometimes talked
As either pleased, and cheerfully parted

Each night. We never disagreed
Which gate to rest on. The to be
And the late past we gave small heed.
We turned from men or poetry

To rumours of the war remote
Only till both stood disinclined
For aught but the yellow flavorous coat
Of an apple wasps had undermined;

Or a sentry of dark betonies,
The stateliest of small flowers on earth,
At the forest verge; or crocuses
Pale purple as if they had their birth

해가 빛나곤 했다[1]

해가 빛나곤 했다. 우리 둘이 함께
천천히 걷다가, 멈췄다가 다시
출발하고, 각자 마음 내키는 대로
때로 생각에 잠겼다가 때로 얘기하고는 밤마다

쾌활하게 헤어지는 동안. 어떤 문에 기댈 건지
서로 의견이 갈린 적은 한 번도 없었다. 앞으로의 일과
요즘 일어난 일에는 크게 신경 쓰지 않았다.
우리는 사람들이나 시로부터

먼 곳의 전쟁에 관한 소문들로 화제를 돌렸는데,
말벌들이 상하게 한 어떤 사과의
향긋한 누런 껍질이나, 숲 가장자리에서
지상의 가장 당당한 작은 꽃들로

보초를 서고 있는 진보라색 곽향초석잠이나,
마치 볕이 들지 않는 하계(下界)[2]의 들판에서 태어난 듯한
연보라색 크로커스가 아닌
다른 어떤 것엔 둘 다 내키지 않아 하며

In sunless Hades fields. The war
Came back to mind with the moonrise
Which soldiers in the east afar
Beheld then. Nevertheless, our eyes

Could as well imagine the Crusades
Or Caesar's battles. Everything
To faintness like those rumours fades —
Like the brook's water glittering

Under the moonlight — like those walks
Now — like us two that took them, and
The fallen apples, all the talks
And silences — like memory's sand

멈춰 설 때까지만 그랬다. 저 멀리
동쪽의 병사들이 그때 바라보던 달이
떠오르면서 전쟁이 마음속에
다시 떠올랐다. 그런데도 우리의 눈은

십자군 전쟁[3]이나 카이사르의 전투들[4]을
똑같이 잘 떠올릴 수 있었다. 모든 게
희미하게 사라져간다, 그 소문들처럼—
달빛 아래 반짝이는

개울물처럼—지금의 그 산책들처럼
—산책을 한 우리 두 사람,
떨어진 사과들, 그 모든 이야기와
침묵처럼—다른 이들이 똑같은 달 아래

When the tide covers it late or soon,
And other men through other flowers
In those fields under the same moon
Go talking and have easy hours.

그 들판에서 다른 꽃들을 헤치고 나아가면서
얘기를 나누고 평온한 시간을 보내는 동안
조수(潮水)가 조만간 뒤덮을 때의
기억의 모래밭처럼.

1. 이 시에서 에드워드 토머스는 당시 영국에 거주하던 미국 시인
   로버트 프로스트와 함께 보낸 시기와 제1차 세계대전이 발발한 1914년
   여름에 그들 간에 자라난 우정을 돌아본다. 이 시기에 두 사람은
   글로스터셔주의 시골을 자주 함께 산책하면서 자연을 관찰하고 대화를
   나눴다.
2. 그리스신화에 나오는 죽은 자들의 영역.
3. 11~13세기에 일어난 기독교도들과 이슬람교도들 간의 일련의 종교전쟁.
4. 로마 장군이자 정치가였던 율리우스 카이사르는 여러 차례 성공적으로
   원정을 이끌었다.

As the team's head-brass

As the team's head-brass flashed out on the turn
The lovers disappeared into the wood.
I sat among the boughs of the fallen elm
That strewed an angle of the fallow, and
Watched the plough narrowing a yellow square
Of charlock. Every time the horses turned
Instead of treading me down, the ploughman leaned
Upon the handles to say or ask a word,
About the weather, next about the war.
Scraping the share he faced towards the wood,
And screwed along the furrow till the brass flashed
Once more.
          The blizzard felled the elm whose crest
I sat in, by a woodpecker's round hole,
The ploughman said. "When will they take it away?"
"When the war's over." So the talk began —
One minute and an interval of ten,
A minute more and the same interval.
"Have you been out?" "No." "And don't want to, perhaps?"
"If I could only come back again, I should.
I could spare an arm. I shouldn't want to lose
A leg. If I should lose my head, why, so,

겨릿말의 놋쇠 머리테가

겨릿말[1]의 놋쇠 머리테가 이랑을 돌며 번득였을 때,
연인들은 숲속으로 사라졌다.
나는 묵정밭 한 귀퉁이를 뒤덮은
쓰러진 느릅나무의 가지 사이에 앉아,
쟁기가 노란 들갓 구역을 좁혀가는 걸
지켜보았다. 말들이 나를 짓뭉개는 대신
휙 방향을 틀 때마다 농부는 손잡이에
몸을 기대고는 날씨에 대해, 그러고는 전쟁에 대해
한마디 하거나 묻곤 했다.
보습의 날을 닦으며 그는 숲 쪽으로 얼굴을 돌리더니
놋쇠 머리테가 한 번 더 번득일 때까지 이랑을 따라
몸을 비틀었다.
                    폭풍설이 쓰러뜨린 느릅나무의 꼭대기 쪽
딱따구리가 파놓은 둥근 구멍 옆에 내가 앉자
농부가 말했다. "언제 저걸 치워주려나?"
"전쟁이 끝날 때겠죠." 그렇게 대화는 시작되었다 —
 1분의 대화와 10분의 뜸,
 또 1분의 대화와 똑같은 뜸.
"전쟁에 나갔었어요?" "아뇨." "나가고 싶진 않겠죠, 아마?"
"다시 돌아올 수만 있다면 나가야겠죠.
 팔 하나쯤은 내줄 수 있는데. 다리를 잃고 싶진
 않아요. 머리를 잃게 된다면, 글쎄, 그럼,

I should want nothing more.... Have many gone
From here?" "Yes." "Many lost?" "Yes: a good few.
Only two teams work on the farm this year.
One of my mates is dead. The second day
In France they killed him. It was back in March,
The very night of the blizzard, too. Now if
He had stayed here we should have moved the tree."
"And I should not have sat here. Everything
Would have been different. For it would have been
Another world." "Ay, and a better, though
If we could see all all might seem good." Then
The lovers came out of the wood again:
The horses started and for the last time
I watched the clods crumble and topple over
After the ploughshare and the stumbling team.

더는 아무것도 원하지 않게 되겠지만요……. 여기서도
　　많이들
나갔나요?" "그럼요." "많이들 목숨을 잃었죠?" "그럼요,
　　꽤 되죠.
올해는 두 겨리로만 농사를 짓게 되네요.
내 친구 한 명도 죽었어요. 프랑스에 가서
이튿날 전사했죠. 지난 3월이었는데,
바로 이렇게 눈보라가 치던 날 밤이에요. 이제야 하는
　　말이지만,
그 친구가 여기 남아 있었더라면 저 나무를 옮겼을
　　거예요."
"그럼 나도 여기 앉아 있질 못했겠군요. 모든 게
　달라졌겠죠. 딴 세상 같았을
테니까요." "그럼요, 더 나은 세상이 되었겠죠. 물론
우리가 만사를 내다볼 수 있다면 다 좋게 보였을 거예요."
　　그때
연인들이 다시 숲에서 나왔다.
말들이 출발했고, 마지막으로
나는 보습과 비틀거리는 겨릿말 뒤로
흙덩이들이 바스러지고 뒤집히는 모습을 지켜보았다.

---

1. '겨리'는 멍에를 씌운 두 마리 소나 말이 함께 끄는 큰 쟁기로, 토양이
거친 지역에서 주로 사용한다. 보통 두 마리를 한 단위로 하여 셈한다.

Gone, gone again[1]

Gone, gone again,
May, June, July,
And August gone,
Again gone by,

Not memorable
Save that I saw them go,
As past the empty quays
The rivers flow.

And now again,
In the harvest rain,
The Blenheim oranges
Fall grubby from the trees,

As when I was young —
And when the lost one was here —
And when the war began
To turn young men to dung.

---

1. 기존 판본들에는 "Blenheim Oranges"로 나와 있다.

가고, 또다시 가고

가고, 또다시 가고,
5월, 6월, 7월,
또 8월이 가고,
또다시 지나가고,

텅 빈 부두를 지나
강이 흘러가듯
그 달들이 가는 걸 본 것을 빼고는
기억할 만하지도 않고.

그러고는 이제 또다시,
수확기 빗속에서,
블레넘 사과[1]들이
나무에서 볼품없는 모습으로 떨어진다,

내가 젊었을 때처럼—
그리고 내가 잃은 이가 여기 있었을 때처럼—
또 전쟁이 젊은이들을
똥으로 바꿔놓기 시작했을 때처럼.

Look at the old house,
Outmoded, dignified,
Dark and untenanted,
With grass growing instead

Of the footsteps of life,
The friendliness, the strife;
In its beds have lain
Youth, love, age and pain:

I am something like that;
Only I am not dead,
Still breathing and interested
In the house that is not dark: —

I am something like that:
Not one pane to reflect the sun,
For the schoolboys to throw at —
They have broken every one.

유행에 뒤졌지만 당당하고,
어둡고, 세입자 하나 없고,
생명의 발소리와
친목과 투쟁 대신

풀들만 자라는
저 낡은 집을 보라.
그 침상에 누워 있었던 건
젊음과 사랑과 노령과 고통.

나도 그런 낡은 집 같은 존재.
다만 나는 죽지 않았고,
어둡지 않은 집에 흥미를 느끼며
아직 숨 쉬고 있을 뿐—

나도 그런 낡은 집 같은 존재.
햇살을 반사하고
남학생들이 돌을 던질 유리창 하나 없는 집—
유리창이란 유리창은 다 깨버렸으니.

1. 오렌지색 반점들이 있는 크고 누런 영국산 식용 사과.

Lights Out

I have come to the borders of sleep,
The unfathomable deep
Forest where all must lose
Their way, however straight,
Or winding, soon or late;
They cannot choose.

Many a road and track
That, since the dawn's first crack,
Up to the forest brink,
Deceived the travellers
Suddenly now blurs,
And in they sink.

Here love ends,
Despair, ambition ends,
All pleasure and all trouble,
Although most sweet or bitter,
Here ends in sleep that is sweeter
Than tasks most noble.

소등(消燈)

나는 잠의 국경에 다다랐다,
누구나 길을, 아무리 똑바르건
굽어 있건, 이르건 늦건 간에,
잃을 수밖에 없는
가늠할 수 없는 깊은 숲에.
누구도 선택의 여지가 없다.

처음 동이 튼 순간 이래로
저 위 숲 가장자리까지
여행자들을 속였던
숱한 길들과 오솔길들이
갑자기 지금 흐릿해지더니
가라앉는다.

여기서 사랑은 끝나고,
절망과 야망도 끝난다,
모든 즐거움과 모든 괴로움은
더없이 달콤하거나 더없이 쓰라리더라도
여기 가장 숭고한 임무들보다도 달콤한
잠 속에서 끝난다.

There is not any book
Or face of dearest look
That I would not turn from now
To go into the unknown
I must enter and leave alone,
I know not how.

The tall forest towers;
Its cloudy foliage lowers
Ahead, shelf above shelf;
Its silence I hear and obey
That I may lose my way
And myself.

어떻게 그럴지는 모르겠지만
나 혼자 들어가고 떠나야만 하는
미지의 세계로 들어서기 위해
지금 외면하지 못할
어떤 책도 또 더없이 소중한 눈길을 지닌
어떤 얼굴도 없다.

높다란 숲이 우뚝 솟아오른다.
흐릿한 잎들이 앞쪽에
선반 위에 선반을 내려뜨린다.
숲의 침묵을 나는 듣고 따른다,
길을 또 나 자신을
잃어버릴 수 있도록.

Out in the dark

Out in the dark over the snow
The fallow fawns invisible go
With the fallow doe;
And the winds blow
Fast as the stars are slow.

Stealthily the dark haunts round
And, when a lamp goes, without sound
At a swifter bound
Than the swiftest hound,
Arrives, and all else is drowned;

And star and I and wind and deer
Are in the dark together, — near,
Yet far, — and fear
Drums on my ear
In that sage company drear.

저 어둠 속 눈밭 위로

저 어둠 속 눈밭 위로
다마사슴[1] 새끼들이 어미 사슴과 함께
눈에 띄지 않게 지나간다.
별들은 느릿한데
바람은 빠르게 분다.

살그머니 어둠은 사방에 출몰하고
램프가 꺼지자 소리 없이
가장 날랜 사냥개보다도
날래게 껑충 뛰어
도착하고, 다른 것들은 다 어둠에 잠긴다.

별과 나와 바람과 사슴들은
어둠 속에서 함께 — 가깝지만
먼 곳에 — 있고, 두려움은
그 지혜로운 무리와 함께 내 귓전에
음울하게 북을 쳐댄다.

How weak and little is the light,
All the universe of sight,
Love and delight,
Before the might,
If you love it not, of night.

빛과 눈에 보이는 그 모든 우주와
사랑과 기쁨은,
그대가 밤을 사랑하지 않는다면
밤의 힘 앞에서
얼마나 약하고 보잘것없는가.

1. 몸은 황갈색이고 등에 흰 반점들이 있는 유럽산 작은 사슴.

옮긴이의 말

에드워드 토머스(Edward Thomas, 1878~1917)는 시가 최고의 문학 장르라고 믿었지만, 시인이 된 것은 그리 길지 않은 생애의 말기에 이르러서였다. 저술 활동에 전념했던 더 많은 기간 동안 그는 서평자, 비평가, 전기 작가이자 자연에 관한 숱한 책들의 저자였다. 런던에서 웨일스 출신 부모에게서 태어나 옥스퍼드대학교 링컨칼리지에서 역사학을 공부한 그는 대학 재학 중 결혼해 가족을 부양하기 위해 전업 작가로 나섰고, 생애 대부분을 에세이, 전기, 서평 등 여러 분야의 산문을 쓰는 데 바쳤다. 결혼 생활의 긴장과 생활고에 시달리며 원치 않는 글까지 써야 했던 그는 30여 권의 산문 저작을 발간했지만, 늘 신경쇠약과 우울증에 시달렸고 몇 차례 자살을 시도하기도 했다.

시인으로서의 새출발을 위해 1912년에 영국으로 건너온 미국 시인 로버트 프로스트(Robert Frost, 1874~1963)와의 만남은 토머스에게 시인으로서의 삶을 열어준 중요한 계기였다. 1913년 10월에 런던의 문인 모임에서의 첫 만남 이후, 당시 이미 비평가로서 명성을 얻고 있었던 토머스는 이듬해에 발간된 프로스트의 두 번째 시집 『보스턴의 북쪽』에 관한 세 편의 서평을 발표했다. 이 서평들에서 토머스는 일상적 구어로 쓰인 프로스트의 시가 "수사적 과장"이나 상투적인 "시적 단어들과 형식들"을 활용하지 않는다는 점에서 혁명적이고, 평이한 개별 시행들과 문장들은 "함께 묶여 정서의 차분한 열의에 의해 아름다운 요소들이 되고 있다"라고 평가했다. 1914년 8월에 토머스는 가족과 함께 글로스터셔주에 있는 프로스트의 집 근처에서 휴가를 보내면서 긴 시간 동안 함께 숲과 들을 산책하고 시와 삶과 자연과 임박한 전쟁에 관한 이야기를 나누며 깊은 우정을 쌓았다. 이 시선집에 수록된 토머스의 「해가 빛나곤 했다」와 프로스트의 널리 알려진 「가지 않은 길」은 이 시기 동안의 두 사람의 산책을 배경으로 삼고 있다. 토머스의 산문에서 시적 특질과 가능성을 읽어낸 프로스트는 그에게 산문의 리듬을 살려 시를 써보라고 권했고, 토머스는 12월에 첫 시 「바람에 실려」를 쓴 후 전사하기까지 2년 반이 채 안 되는 기간에 144편의 시를 썼다.

1914년에 발발한 제1차 세계대전은 정신적으로 굳게 결속된 "모종의 문학적 샴쌍둥이"였던 두 시인의 운명을 갈라놓았다. 1915년 2월 미국으로 돌아가는 프로스트를 따라 함께 이주하는 것도 고려했던 토머스는 결국 영국에 남기로 마음먹고 7월에 37세라는 늦은 나이에 입대했다. 토머스가 프로스트의 「가지 않은 길」이 전쟁을 앞에 둔 자신의 우유부단함을 패러디한 것으로 오해하고 상처받아 입대라는 과감한 선택을 한 측면도 있지만, 이런 선택에는 그가 사랑했던 영국의 풍경을 지키고 또 그동안의 자신의 삶에서 결여된 듯했던 목표를 용감하게 추구하려는 강한 의지가 작용했던 것으로 보인다. 훈련을 끝내고 에식스주와 켄트주 등에서 독도법 교관으로 복무한 후 해외 파병을 자원한 그는 1917년 2월에 프랑스 아라스에 배치되었고, 부활 주일 이튿날인 4월 9일에 적의 포격 공습 중에 전사했다. 토머스는 생전에 '에드워드 이스트어웨이(Edward Eastaway)'란 필명으로 시집 『여섯 편의 시』(*Six Poems*, 1916)를 발간했고, 영국의 자연, 계절, 전통과 자신의 기쁨, 고독, 우울, 절망과 전쟁에 관한 시편들이 수록된 『시집』(*Poems*, 1917)은 프로스트에게 헌정된 것으로 그의 사후에 발간되었다.

한동안 모더니즘 계열의 시인들의 그늘에 가려졌었지만 시인으로서의 토머스는 토머스 하디(Thomas Hardy, 1840~

1928)와 테드 휴스(Ted Hughes, 1930~1998)를 이어주는
교량으로 간주되어왔고, 영국인의 삶과 영국적 풍토에 깊게
뿌리박고 있는 그의 작품은 생태계와 환경에 대한 관심이
점점 커지는 요즈음 그 중요성이 더욱 부각되고 있는 것처럼
보인다. 일찍이 F. R. 리비스(F. R. Leavis, 1895~1978)는
『영시의 새 경향』(New Bearings in English Poetry, 1932)에서
토머스를 "삶의 좀 더 미세한 결, '지금 여기', 일상적
순간들"에 관심을 기울이는, "대표적인 현대적 감수성을
기교적으로 치밀하게 시에서 표현하는 데 성공한"
"무척 독창적인 시인"이라고 평가했다. 토머스 특유의 시편들이
"우연한 인상과 감흥을 되는대로 메모한 것, 즉 느슨하고
지향 없는 의식의 순간의 기록" 같아 보이지만 무척 정교하고
세심하게 구성되어 있다는 것이다. C. 데이 루이스(Cecil
Day Lewis, 1904~1972)는 자신이 옥스퍼드 대학생 시절에
W. H. 오든(W. H. Auden, 1907~1973)과 함께 "우리가
언젠가 필적할 수 있으리라는 희망을 거의 또는 전혀 품지
않았던 동시대 시인들"의 "아주 짧은" 목록에 토머스를
포함시켰었다고 회고한 바 있다. 1985년 휴전기념일에
웨스트민스터 사원에서 제1차 세계대전에 참전했던 시인들의
기념묘를 제막하는 자리에서 테드 휴스는 영국의 자연과
주민들과 전통이 지닌 비상한 아름다움과 신비를 섬세하게
표현한 시편들의 저자인 그를 "우리 모두의 아버지"라고
부르며 추도하기도 했다.

　　이 시선집은 토머스의 시 예순여섯 편을 그 제재와 형식을
고려해 다섯 갈래로 나누었다. 제1부에는 계절의 주기
속에서의 자연의 모습을 그린 열네 편이 실려 있다. 토머스의
한 지인은 "다른 이들은 날씨에 관해 얘기했지만, 에드워드는
날씨를 살았다"라고 말한 적이 있는데, 이 시편들에는
영국인의 성격과 삶에 큰 영향을 미친 날씨와 계절의 변화에
대한 토머스의 예민한 감수성이 잘 드러나 있다. 영국 특유의

삶과 정경을 치밀하게 묘사한 제2부의 열다섯 편과 함께 이 소박하면서도 섬세한 시편들은 산업화로 인해 급속히 본래의 모습을 잃어가는 영국 전원의 자연과 전통에 대한 토머스의 애정 어린 관심의 폭과 깊이를 보여준다. 전업 작가였던 그는 20여 년간 걷거나 자전거를 타고 다니면서 "대지의 오랜 주민"으로서의 자신이 관찰한 장소, 물상, 현상, 활동 등을 꼼꼼하게 기록했는데, 그런 경험을 통해 그가 갖게 된 상념들과 기분들은 이 시편들에서의 직관적 통찰을 위한 중요한 계기가 되었다. 그에게 풍경과 자연은 단지 응시의 대상이 아니라 그의 몸과 마음속으로 들어와 기분과 감수성에 복합적인 영향을 미치는 존재였고, 실제로 그의 많은 시편은 갖가지 평범한 인간적, 자연적 상황을 통해 그 속에 깃든 아름다움과 가치를 문득 깨닫게 된 토머스의 '에피퍼니[epiphany, 현현(顯現)]'의 순간들을 그리고 있는 것이다.

　　제3부에 실린 열일곱 편은 자신의 "과거의 행복과 슬픔의 원천"을 끈질기게 추적하는 한 고독하고 우울한 자아의 모습을 그린다. 많은 시편에 담긴 정서는 대체로 행복보다는 슬픔에 더 가깝지만, 그는 제2부의 「애들스트롭」처럼 「미지의 새」에서도 기억의 힘과 위안을 강조하기도 한다. 실제로 여러 시편에서 그는 현재에서 시작해 의도적으로 과거를 살피기 위해 옮겨 가거나 과거와 어떤 연관을 맺으려고 시도하고, 반대로 서두에서 과거를 배경으로 삼은 후 나머지 부분에서는 현재에 비추어 원래의 사건을 고려하기도 한다. 특히 그의 대표작의 하나로 여겨지는 「노인풀」에서 토머스는 그런 이름의 풀의 냄새와 그것이 환기하는 기억 간의 연계에 대한 탐색으로까지 나아간다. 이 시편들에서 토머스 자신의 어두운 과거는 어디에도 속해 있지 않은, 그래서 소외감을 느낄 수밖에 없는 자신의 현재를 성찰하는 한 수단으로 기능한다.

제4부에는 토머스가 흥미를 느꼈던 몇몇 인물에 관한 시 다섯 편이 실려 있다. 이 시편들에 그려진 이들은 하나같이 사회의 주류에서 벗어나 있지만 전원의 풍경 및 전통과 밀착된 자신들만의 삶의 방식을 통해 매력적인 활력과 항구성을 보여주는 인물들이다. 사회적 주변부에서 유목적 삶의 양식을 고수해온 인물들을 다루는 「집시」와 「5월 23일」 같은 시편들도 그러하지만, 특히 「롭」은 대지와 밀접하게 연관된 풍경과 민담 속에서 긴 시간을 통해 진화해온 한 신화적 인물을 흥미롭게 그리는 가운데 영국적 전통의 활력을 긍정하고 있는 토머스의 야심작이다.

전쟁은 이런 인물들이 대표하는 문화와 삶의 방식들에 대한 심각한 위협이자 타격이 아닐 수 없다. 제5부에 실린 열다섯 편은 자신의 조국인 영국과 영국인들의 삶에 어두운 그림자를 드리우기 시작한 전쟁에 대한 토머스의 상념과 감정을 다양한 방식으로 표현한다. 흔히 '전쟁 시인'으로 분류되기는 하지만 토머스는 윌프리드 오언 (Wilfred Owen, 1893~1918)이나 시그프리드 서순(Siegfried Sasoon, 1886~1967)과는 달리 전쟁의 경험이나 그로 인한 정신적 외상을 직접 다루지는 않는다. 사실 상당 기간 국내에서 독도법 교관으로 복무했던 그는 참호전을 치르는 보병이 아니라 포병으로 짧은 기간 동안 전선에 배치되었고, 더욱이 중년기에 입대했기 때문에 이른 나이에 입대한 다른 전쟁 시인들과는 다른 반응을 보일 수밖에 없었을 것이다. 그렇지만 공적이면서 동시에 사적인 하나의 비극으로서의 전쟁의 함의들을 누구보다 깊이 인식했던 그는 「올빼미」, 「겨릿말의 놋쇠 머리테가」, 「추도시」, 「벚나무들」 같은 시편들에서 전쟁으로 고통받는 이들과 전쟁의 국지적 여파에 관한 자신의 느낌을 무척 절제된 방식으로 표현한다. 이와는 조금 다르게, 그가 전사하기 몇 달 전에 쓴 「소등」과 「저 어둠 속 눈밭 위로」는 "가장 숭고한 임무들보다도 달콤한 잠"을 가져다주는

죽음에 매력을 느끼는 한 고독하고 우울한 자아의 자화상으로
읽힌다.

에드워드 토머스에 대한 옮긴이의 애정 어린 관심이 이렇게
한 권의 시선집 발간으로 이어지기까지 주위의 많은 분의
격려와 도움이 있었다. 애리 누나는 봄날의책의 '세계시인선'의
첫 권을 선물해줌으로써 좋은 인연의 계기를 마련해주었고,
박지홍 대표는 소소한 일에서 시작된 인연의 싹을 소중하게
키워주었으며, 이승학 편집자는 원문과 대조하며 번역
원고를 무척 엄정하고 세심하게 교열해주었다. 여느 때처럼
양평의 '겨울이 엄마'는 기꺼이 초고의 첫 독자가 되어주었고,
도쿄의 처제와 처남은 번역에 도움이 되는 귀한 자료들을
애써 구해주었다. 무엇보다도 가장 안타까운 것은 아들이
옮긴 시를 늘 즐겁게 읽으셨던 어머니께 이 시선집을 보여드릴
수 없다는 사실이다. 하늘나라로 가시기까지 생전에
자식들에게 한량없는 사랑을 베풀어주셨던 어머니, 그리고
부족한 사위를 많이 아껴주셨고 이제는 도쿄의 한 성당 묘원에
안장되신 장모님께서 오래도록 평안하시기를 바랄 뿐이다.

　　　윤준

지은이 에드워드 토머스(Edward Thomas)

　　　　1878년에 런던에서 웨일스 출신 부모에게서 태어나 옥스퍼드대학교에서
　　　　역사학을 공부했다. 대학 재학 중 결혼해 에세이, 전기, 서평 등 여러
　　　　분야의 산문을 쓰며 전업 작가로 힘겹게 가족을 부양했는데, 결혼 생활의
　　　　긴장과 생활고에서 비롯된 정신적 압박으로 인해 신경쇠약과 우울증에
　　　　시달렸다. 1912년부터 1915년까지 영국에 거주했던 미국 시인 로버트
　　　　프로스트(Robert Frost, 1874~1963)를 1913년 런던에서 처음 만난 후
　　　　프로스트의 두 번째 시집 『보스턴의 북쪽』에 관한 세 편의 서평을
　　　　발표했다. 그 후 가족과 함께 당시 프로스트가 살았던 글로스터셔주의
　　　　집 근처에서 휴가를 보내면서 숲과 들길을 산책하고 시와 삶과 자연과
　　　　전쟁에 관한 얘기를 나누며 깊은 우정을 쌓았다. 그의 산문에서 시적
　　　　특질과 가능성을 읽어낸 프로스트의 적극적인 권유로 1914년 12월부터
　　　　시를 쓰기 시작해, 2년 반이 채 안 되는 기간에 144편의 시를 썼다.
　　　　미국으로 돌아가는 프로스트 일가를 따라 이주하는 것도 고려했지만,
　　　　결국 1915년 7월에 서른일곱 살이라는 늦은 나이에 자원입대했다.
　　　　에식스주와 켄트주 등에서 독도법 교관으로 복무한 후 해외 파병을 자원해
　　　　1917년 2월에 프랑스 아라스에 배치되었고, 4월 9일에 적의 포격 중
　　　　전사했다. 생전에 '에드워드 이스트어웨이(Edward Eastaway)'란 필명으로
　　　　시집 『여섯 편의 시』(Six Poems, 1916)를 발간했고, 프로스트에게 헌정한
　　　　『시집』(Poems, 1917)은 직접 발간을 준비했지만 사후에 발간되었다.
　　　　『남부 지방』(The South Country, 1909)과 『봄을 찾아서』(In Pursuit of
　　　　Spring, 1914)를 비롯한 산문집 『앨저넌 찰스 스윈번』(Algernon Charles
　　　　Swinburne, 1912)과 『월터 페이터』(Walter Pater, 1913) 등의 전기,
　　　　자전적 소설인 『태평한 모건 일가』(The Happy-Go-Lucky Morgans, 1913)
　　　　등 30여 권의 산문 저작을 남겼다.

옮긴이 윤준

　　　　한국외국어대학교 영어과를 졸업하고 같은 대학원에서 문학박사
　　　　학위를 받았으며, 1985년부터 2022년까지 배재대학교 영어영문학과
　　　　교수로 일한 후 현재는 명예교수다. 미국 노스캐롤라이나대학교
　　　　영문과에서 풀브라이트 방문학자로 연구했고, 한국현대영어영문학회
　　　　제1회 우수논문상을 받았으며, 한국현대영미시학회장과 한국현대
　　　　영어영문학회장으로 일했다. 지은 책으로 『콜리지의 시 연구』, 옮긴
　　　　책으로 『문학과 인간의 이미지』, 『거상―실비아 플라스 시선』(공역),
　　　　『영문학사』(공역), 『Who's Who in Korean Literature』(공동 영역),
　　　　『티베트 원정기』(공역), 『영미시의 길잡이』, 『티베트 순례자』(공역),
　　　　『영문학의 길잡이』, 『마지막 탐험가―스벤 헤딘 자서전』(공역),
　　　　『콜리지 시선』, 『워즈워스 시선』, 『영국 대표시선집』, 『허버트 시선』,
　　　　『루바이야트』, 『20세기 영국시』, 『사계』, 『영국 대표 고전 시』가 있다.

나는 잠의 국경에 다다랐다

초판 1쇄 발행   2024년 9월 13일

지은이   에드워드 토머스
옮긴이   윤준

발행인   박지홍
발행처   봄날의책
등록   제311-2012-000076호(2012년 12월 26일)
주소   서울 종로구 창덕궁4길 4-1, 401호
전화   070-4090-2193
전자우편   springdaysbook@gmail.com

기획·편집   박지홍 이승학
디자인   전용완
인쇄·제책   세걸음

ISBN 979-11-92884-39-4 03840